OS LEOPARDOS DE KAFKA

MOACYR SCLIAR

OS LEOPARDOS
DE KAFKA

3ª edição

Companhia Das Letras

Copyright © 2000 by Moacyr Scliar

Capa
Victor Burton

Revisão
Beatriz de Freitas Moreira
Ana Maria Alvares

Dados Internacionais de Catalogação na Publicação (CIP)
(Câmara Brasileira do Livro, SP, Brasil)

Scliar, Moacyr, 1937-
 Os leopardos de Kafka / Moacyr Scliar. — São Paulo : Companhia das Letras, 2000

ISBN 978-85-359-0021-7

1. Romance brasileiro I. Título.

00-1925   CDD-869.935

Índices para catálogo sistemático:
1. Romances : Século 20 : Literatura brasileira 869.935
2. Século 20 : Romances : Literatura brasileira 869.935

[2009]
Todos os direitos desta edição reservados à
EDITORA SCHWARCZ LTDA.
Rua Bandeira Paulista 702 cj. 32
04532-002 — São Paulo — SP
Telefone (11) 3707-3500
Fax (11) 3707-3501
www.companhiadasletras.com.br

Leopardos irrompem no templo e bebem até o fim
o conteúdo dos vasos sacrificiais;
isso se repete sempre; finalmente,
torna-se previsível e é incorporado ao ritual.

Franz Kafka

RELATÓRIO CONFIDENCIAL 125/65

Senhor Delegado: tem por finalidade este relatório informar a V. S. acerca da prisão do elemento Jaime Kantarovitch, codinome Cantareira, detido na noite de 24 para 25 de novembro de 1965 numa das ruas centrais de Porto Alegre. Dito elemento, conhecido militante nos meios universitários da cidade, vinha sendo seguido há dois meses por nossos agentes. Por volta das 21 horas Jaime Kantarovitch, codinome Cantareira, dirigiu-se para o apartamento de sua namorada Beatriz Gonçalves. Outros elementos, seis no total, chegaram ao local, sozinhos ou em duplas — obviamente para uma reunião secreta. Às 23h30 os elementos deixaram o local, ocasião em que lhes foi dada voz de prisão pelo agente Roberval. Sete elementos, incluindo Beatriz Gonçalves, conseguiram fugir, mas o elemento Jaime Kantarovitch, codinome Cantareira, que puxa de uma perna, não pôde correr. Detido e conduzido à sede da Unidade de Operações Especiais, foi interrogado. Nesse procedimento utilizou-se o auxílio de choques elétricos, interrompidos por duas razões: 1) sucessivos desmaios do elemento Jaime Kantarovitch, codinome Cantareira, e 2) falta de energia elétrica. Desta maneira, o interrogatório não pôde ser completado. O elemento Jaime Kantarovitch, codinome Cantareira, repetiu várias vezes que a reunião tinha por objetivo discutir literatura e tomar chimarrão. No apartamento foi efetivamente encontrada uma cuia de chimarrão ainda morna e vários livros, o que naturalmente não invalida a hipótese de reunião subversiva. O elemento Jaime Kantarovitch, codinome Cantareira, foi revistado. Em seus bolsos havia: 1) poucas notas e moedas; 2) um lenço sujo e rasgado; 3) um toco de lápis; 4) dois comprimidos de aspirina; 5) um papel, cuidadosamente dobrado, com as seguintes palavras datilografadas em alemão:

Leoparden in Tempel
Leoparden brechen in den Tempel ein und saufen die Opferkrüge leer; das wiederholt sich immer wieder; schliesslich kann man es vorausberechnen, und es wird ein Teil der Zeremonie.

Abaixo do texto, a assinatura de um certo Franz Kafka. O papel, amarelado, parece bastante antigo. Cremos, contudo, que isso é um truque, e que se trata, na realidade, de uma mensagem, possivelmente em código; estamos aguardando a tradução para o português, solicitada em caráter de urgência, para melhor avaliação. Com base em dita tradução, continuaremos investigando o elemento Jaime Kantarovitch, codinome Cantareira, agora com vistas a conexões subversivas internacionais.

Com a abertura dos arquivos dos serviços secretos que operaram no Brasil a partir do golpe de 1964, numerosos documentos vieram à luz, entre eles o relatório confidencial acima transcrito, de que tenho uma cópia.

Jaime Kantarovitch, apelidado Cantareira por um amigo carioca, era meu primo. Nunca fomos íntimos, mas eu gostava dele e respeitava-o muito. O relatório remete a uma surpreendente história que envolve o próprio Jaime, o nosso tio-avô Benjamin Kantarovitch — e Franz Kafka.

***

Vamos começar pelo Benjamin, cuja foto figura em nosso álbum de família, o álbum que tenho diante de mim. É, aliás, a mesma desbotada fotografia que está na lápide de sua sepultura, no cemitério israelita. O que nela chama atenção é o ar assustado, tão típico de meu tio. Chamavam-no Ratinho (não se tratava de codinome; era apelido mesmo): os olhinhos pretos e as orelhas de abano tornavam-no parecido com um camundongo. Não aqueles camundongos alegres das histórias infantis, mas, ao contrário, um ratinho melancólico, solitário, sempre enfurnado em sua toca. Diferentemente do irmão, que casou e teve quatro filhos, Benjamin não constituiu família; acho mesmo que nunca teve namorada e que seu contato com mulheres resumia-se às prostitutas da rua Voluntários da Pátria, que o conheciam e lhe faziam um preço especial. Era pobre, o Ratinho. Alfaiate competente, poderia ter ganhado muito dinheiro com a profissão. Isso não aconteceu. Em primeiro lugar, a alfaiataria tradicional foi aos poucos sendo deslocada pela indústria de confecções, de modo que ao longo dos anos ele foi perdendo a clientela, da qual faziam parte algumas pessoas conhecidas em Porto Alegre — jornalistas, políticos, jogadores de futebol, delegados de polícia. Em segundo lugar, e à medida que ficava mais velho, Ratinho começou a desenvolver teorias peculiares acerca de roupas. Sustentava, por exemplo, que a manga esquerda deveria ser mais curta do que a direita ("Assim as pessoas podem olhar mais facilmente o relógio de pulso") e confeccionava os paletós de acordo com tal idéia, o que obviamente desconcertava, e irritava, muitos clientes. Ele, porém, rejeitava os protestos, rotulando os insatisfeitos de "retrógrados" e "reacionários". É preciso acompanhar a marcha do tempo, insistia, porque a marcha do tempo é a marcha do progresso. Uma linguagem em que ecoava o seu passado de homem de esquerda, de trotskista. Mas Ratinho já não se interessava por política, pelo menos pela política partidária, essa que dá as habituais manchetes de jornal. Em geral, não fazia muita coisa. Ia do apartamento para a pequena alfaiataria e da pequena alfaiataria para o apartamento, pobremente mobiliado mas cheio de livros. Ratinho lia muito, e lia qualquer coisa, desde ficção até filosofia. Sua vida se resumia a isso, à alfaiataria e à leitura. Nada de festas, nada de cinema, nada de teatro — nem mesmo televisão; achava bobagem. O irmão e a cunhada se inquietavam; gostariam que conhecesse pessoas, que fizesse amizades, que casasse — o que pode haver de mais importante na vida de um homem do que constituir família? Claro, Ratinho estava longe de ser um homem atraente, e quanto mais envelhecia menores se tornavam suas chances matrimoniais, mas uma boa casamenteira poderia, quem sabe, providenciar um encontro com alguma moça, mesmo solteirona, principalmente solteirona. Só que Ratinho não estava interessado em casar. Apegava-se a sua vidinha rotineira, monótona, e dela não saía. Quando fez sessenta e cinco anos, meu irmão mais velho bolou uma festa-surpresa, para a qual nos preparamos durante vários dias. Ainda lembro aquela noite infeliz. Estávamos todos ali, os sobrinhos e os sobrinhos-netos, com chapéus de Mickey e uma faixa que dizia algo como "Feliz Aniversário, Ratinho". Lá pelas oito horas a porta se abriu, o Ratinho entrou. Sua reação foi extraordinária. Primeiro, assustou-se, pensando que se tratasse de um assalto; quando se deu conta de que era uma surpresa, teve um ataque de fúria, seus cretinos, quem é que vocês pensam que são. Finalmente conseguimos acalmá-lo; mas não conseguimos levá-lo à churrascaria, como planejávamos. Eu não tenho nada para celebrar, resmungou ele, não sou ninguém, nunca fiz nada que prestasse.

Nessa existência melancólica houve, contudo, uma singular aventura. Uma aventura cuja lembrança acompanhava meu tio-avô desde a juventude, e que quase ao final de sua vida teria um desdobramento igualmente surpreendente. Dessa aventura, e desse desdobramento, Ratinho falou-me muito, na instituição geriátrica à qual foi recolhido nos seus derradeiros anos e onde eu, jovem médico, cuidava dele. Faz tempo, isso, mas até hoje lembro a história.

A família Kantarovitch era da Bessarábia, uma região objeto de constante disputa entre Rússia e Romênia. Moravam em Chernovitzky, pequena aldeia distante uns oitenta quilômetros de Odessa. Uma aldeia judaica pobre, como eram as aldeias judaicas da Europa Oriental. A população vivia em permanente sobressalto, temendo os pogroms, os massacres organizados. Os judeus eram

13

os bodes expiatórios de qualquer crise, e crise era coisa que não faltava no império czarista.

Meu bisavô, pai do Ratinho, era alfaiate. Bom alfaiate, o que ganhava mal dava, contudo, para sustentar a família: não fossem alguns clientes russos mais abonados, passariam até fome. Tinha esperança, porém, de que os filhos arranjassem uma profissão melhor. Benjamin, achava, daria um excelente rabino. Uma aspiração razoável — rabinos eram respeitados e, na pior das hipóteses, tinham o que comer — e com certo fundamento. O rapaz gostava de ler, era inteligente. Só precisaria completar a formação religiosa.

Mas Benjamin não queria ser rabino. Talvez até tivesse pensado nisso, em algum momento de sua vida; mas como esse era um projeto do pai, ele automaticamente o rejeitava. O Ratinho era um rebelde. Brigava com todo mundo, com os pais, os vizinhos. O que ele tem de baixinho tem de revoltado, suspirava a mãe, que tentara em vão modificar o filho.

Aos poucos a rebeldia de Ratinho foi encontrando um alvo, à medida que se dava conta da deprimente realidade na qual viviam não apenas os judeus, mas vários outros grupos. Naquele ano de 1916 a Rússia era um país dilacerado por conflitos sociais, políticos, étnicos; um país em que a miséria e a opressão haviam atingido níveis intoleráveis. A revolução, dizia-se, era só questão de tempo: os comunistas preparavam-se para assumir o poder.

Essas notícias tardavam a chegar a Chernovitzky, mas chegavam, e ali tinham imediata repercussão. Havia na aldeia um grupo de jovens idealistas que se reuniam em segredo para discutir os textos de Marx e Engels. O grupo era liderado por Iossi, o filho do açougueiro. Ratinho era amigo de Iossi. Não: Ratinho venerava o Iossi. O rapaz, alto, bonito, com uma basta cabeleira e grandes olhos escuros, era para ele um modelo. Ouvia-o com verdadeira adoração, bebendo-lhe as palavras. Iossi falava de um mundo melhor, um mundo em que não existiriam pobres nem ricos, opressores nem oprimidos. Um mundo de justiça e paz. Um mundo em que ninguém seria perseguido, em que os judeus seriam iguais a todas as pessoas.

Quando Ratinho fez dezenove anos, Iossi deu-lhe de presente um exemplar do *Manifesto comunista* em iídiche. Não é preciso dizer que o texto se tornou para Benjamin um equivalente do que é a Torá para os religiosos. Lia-o diariamente; era capaz de recitar passagens inteiras de cor. E o fazia em lugares públicos, no mercado, na sinagoga até, defendendo a luta de classes como a única forma de progresso social. É preciso que corra sangue, proclamava, para que reine a justiça social no mundo.

Alguns achavam graça de seu entusiasmo. Não o pai. A idéia de revolução deixava o pobre alfaiate apavorado: pelo amor de Deus, não fale essas coisas, se a polícia do czar te ouve estás bem arranjado. Já Rivka, a mãe, mulher corajosa mas cética, não levava o filho a sério. Esse aí fala muito, garantia, mas é tudo da boca para fora. Para ela, Ratinho seria incapaz de matar uma mosca, quanto mais de participar de uma revolução sangrenta. O que em nada lhe desagradava: não queria ver o rapaz metido em confusão.

Iossi e seu grupo não faziam parte de nenhum partido político. O que era explicável pelo isolamento em que viviam, na remota aldeia; explicável, mas frustrante, de todo modo. Iossi, principalmente, ansiava por fazer contato com os comunistas. Queria que o grupo se transformasse numa célula atuante, pronta para a revolução que, ele tinha certeza, em breve eclodiria. E a figura que mais o inspirava era a de Trotski.

Iossi sabia tudo sobre Trotski. Sabia que o seu verdadeiro nome era Lev Davidovich Bronstein, que fora educado em Odessa — ali perto, portanto —, que estava ligado a Lenin, que escrevia livros e artigos. Jamais o vira, porque Trotski estava exilado havia anos, mas sonhava encontrá-lo. Na verdade, almejava tornar-se um colaborador do grande líder.

Era um sonho que Ratinho partilhava. Sim, também ele queria se tornar comunista, também ele queria estar ao lado de Trotski na batalha final, a batalha de que falava o hino da Internacional (do qual eles só conheciam a letra; como nunca o tinham ouvido, precisavam imaginar a música), e que decidiria o futuro da humanidade. Trotski já era, àquela altura, um nome lendário, inclusive em Chernovitzky. Todos sabiam que era um líder revolucionário, que queria derrubar o governo. O que para uns parecia assustador, era para outros promissor ("Se esse negócio de revolução der certo, o Trotski vai ficar muito bem de vida"). Para Ratinho, porém, não se tratava disso. Tratava-se de Revolução com R maiúsculo, tratava-se de mudar o mundo. E nesse processo ele queria assumir um papel de vanguarda. Falava de seu sonho a Iossi, que, contudo, mostrava-se perturbadoramente reticente. Não sei se estás maduro para isso, dizia. Maduro? O que era estar maduro? Ratinho achava que já tinha idade bastante para participar da revolução; aliás, em breve o governo czarista o chamaria para o serviço militar, perspectiva que lhe parecia repugnante. Preferia morrer a servir de instrumento da repressão. Palavras, palavras, replicava Iossi, acrescentando: não basta falar, camarada, é preciso agir. Agir como, perguntava Ratinho. Tu verás, respondia Iossi, enigmático.

Um dia desapareceu. Sumiu, simplesmente, sem avisar ninguém. Os pais entraram em pânico; a gente da aldeia não sabia o que pensar. Temia-se que tivesse sido seqüestrado por bandidos e, quem sabe, assassinado, coisa que não era rara naqueles tempos violentos. Ratinho, porém, estava seguro de que o misterioso desaparecimento de Iossi tinha alguma coisa a ver com a revolução.

Estava certo. Iossi voltou duas semanas depois. Aos pais, contou uma história qualquer, inventou que tinha ido a uma outra aldeia a convite de amigos; mas quando Ratinho o interrogou insistentemente a respeito, não pôde se conter e disse, os olhos brilhando e a voz trêmula de emoção:

— Estive com Trotski.

A primeira reação de Ratinho foi de assombro; assombro seguido de inveja, uma imensa, devoradora inveja, uma inveja que o deixou consternado, mas que não conseguiu dissimular. Magoado, ouvia o relato do amigo, o relato de uma verdadeira odisséia. Iossi planejara tudo sozinho, sem contar a ninguém. Fora atrás de Trotski em Paris — exatamente, Paris, a Cidade Luz, cenário da Revolução de 1789 e de tantas lutas gloriosas, centro da vida intelectual européia. Trotski, exilado e constantemente perseguido pela polícia de vários países, para lá se dirigira a fim de encontrar seus partidários. Sabendo disso, Iossi fora até Odessa, onde embarcara — clandestinamente — num navio que ia para Marselha; em seguida continuara, de trem, até Paris. Por fim, e com a ajuda de um parente, conseguira chegar a Trotski, que o recebera numa pequena casa de subúrbio, onde tinha seu quartel-general. Iossi descreveu com palavras emocionadas a impressão que lhe causara Trotski, um homem pequeno, magro, cabelos revoltos, cavanhaque, olhar penetrante:

— Ele perguntou o que eu queria, e eu disse: camarada Trotski, eu o admiro muito, li tudo o que o camarada escreveu, quero ser um comunista, lutar a seu lado.

— E ele?

— Ele me ouviu sem dizer nada. Ficou em silêncio uns minutos, me olhando, calado. E aí me fez uma pergunta muito estranha. Perguntou por que eu não me tornava rabino: você sabe, é uma excelente profissão, boa para gente que gosta de ler e de estudar...

— Como? — Ratinho não estava entendendo. O grande revolucionário tinha sugerido que Iossi se tornasse rabino? Iossi sorriu, superior:

— Na verdade ele estava me testando, testando a minha disposição de aderir à revolução. E eu me saí bem no teste. Respondi que a religião é o ópio do proletariado, que meu compromisso é com a causa da emancipação popular, com a causa da revolução socialista defendida por Lenin e por ele. Gostou da minha resposta, mas disse que palavras não eram suficientes, que eu precisava ser avaliado na ação revolucionária. Não quero outra coisa, respondi, dê-me uma missão, camarada Trotski, e eu a cumprirei, mesmo que me custe a vida.

Ficou em silêncio um instante. Depois voltou-se para Ratinho, os olhos cheios de lágrimas.

— E ele me deu uma missão, Benjamin. Trotski me deu uma missão especial. Longe daqui — em Praga. Se eu me sair bem, serei admitido no Partido. Isso ele garantiu. Acho até que terei um cargo importante.

Que missão era, Iossi não podia contar. Ratinho insistiu, mas o outro se manteve irredutível. É uma missão secreta, repetia, nada posso revelar, nem mesmo para vocês.

— Mas será bom para todos nós — acrescentou, à guisa de consolo. — Porque não esqueci nosso grupo, Benjamin. A primeira coisa que farei será fundar uma célula do Partido aqui em Chernovitzky. Já tenho até um nome: Célula Leon Trotski.

A Célula Leon Trotski jamais seria criada. Dois dias depois dessa conversa, Iossi adoeceu. Coisa grave: febre alta, vômitos, delírio às vezes. Os pais, desesperados, não sabiam o que fazer. Chegaram até a chamar um médico de Odessa, o que lhes custou todas as economias, e foi inútil: o doutor não conseguiu sequer fazer um diagnóstico, mas constatou que o prognóstico era sombrio. Disse à família que se preparasse para o pior.

Nessa mesma tarde, Iossi pediu que lhe trouxessem o Ratinho. Quando o amigo entrou no quarto, ordenou que todos saíssem: precisamos ficar a sós, disse, arquejante. Intrigados e preocupados, os pais e os parentes que ali estavam retiraram-se.

Quando a porta se fechou, Iossi fez um sinal para que Ratinho se aproximasse. Segurou-lhe a mão entre as mãos úmidas de suor e, olhando-o bem nos olhos, sussurrou:

— Tenho uma coisa a te pedir, companheiro Benjamin, uma coisa muito importante.

— Fala, Iossi. — Ratinho, a voz embargada pela emoção. — Pede. O que pedires eu farei, custe o que custar.

— É a minha missão — disse Iossi. — A missão que Trotski me deu. Tu vais cumprir essa missão por mim.

Deixa de bobagem, começou a dizer o Ratinho, a custo contendo o pranto, tu vais melhorar, vais fazer o que o Trotski pediu, tudo sairá bem. Iossi atalhou-o com um gesto:

— Não precisas mentir. Sei que estou mal, muito mal... Agora me ouve. Tens de viajar até Praga. Lá chegando, vais te hospedar no Hotel Terminus; há uma reserva no meu nome. Procurarás um homem... Espera: pega o livro que está aí na mesa. Dentro tem dinheiro, passagens de trem, instruções para a viagem, papéis de identidade. E um envelope.

Ratinho obedeceu. O livro era, naturalmente, *O manifesto comunista*. As instruções eram detalhadas, indi-

cando de maneira precisa como chegar a Praga. Quanto ao envelope, estava fechado.
— Nesse envelope — prosseguiu Iossi — está o nome do homem que deves procurar, e o telefone. Não sei quem é, nunca ouvi falar dele; sei que é judeu como nós. Parece que é escritor... Bem, isso não vem ao caso. Quando chegares lá, telefona e diz: "Estou encarregado de receber o texto". Só isso. Entendeste bem? "Estou encarregado de receber o texto." É a senha.

Interrompeu-se, ofegante; depois continuou:
— Ele vai te entregar uma mensagem cifrada. O código para decifrar a mensagem está no envelope. É uma folha de papel, exatamente do mesmo tamanho da folha que vais receber em Praga. Nessa segunda folha foram recortados alguns espaços e escritas algumas palavras; quando a colocares sobre a primeira folha, as palavras que aparecerão nos espaços recortados junto com as palavras escritas formarão a verdadeira mensagem que identificará o alvo de tua missão. É um lugar; pode ser um banco, uma empresa — não sei, e no momento não importa: quando tiveres identificado esse alvo, alguém entrará em contato contigo dizendo o que deves fazer no tal lugar. Agora: isso tudo é urgente, porque Trotski está deixando a França; vai para a América, parece. Portanto, tens de partir logo. No máximo amanhã à noite. Farás isso, camarada Benjamin? Farás isso por mim? E pela causa?

As lágrimas agora correndo-lhe pela face, Ratinho disse que sim, que Iossi podia confiar nele. Saindo dali, correu para casa. Como está o Iossi, perguntou o pai.

Sem responder, Ratinho entrou no quarto, fechou a porta e jogou-se na cama, chorando convulsivamente.

No fim, se acalmou. Sentado na cama, o livro na mão, tentava pôr ordem nos pensamentos. Não sabia o que fazer. De um lado, queria ficar ao lado do amigo doente; de outro, havia aquela missão de que Iossi lhe falara, uma coisa confusa, tão confusa, tão misteriosa que poderia ser atribuída a um delírio febril. Mas que não era delírio comprovavam os documentos, as passagens, o dinheiro, o envelope.

Pelo que Iossi tinha dito, não seria fácil, a tal missão, não seria nada fácil. Para começar, Ratinho nunca havia saído de Chernovitzky; agora, teria de viajar — e para uma cidade estrangeira, onde tudo lhe seria desconhecido. O idioma talvez não fosse problema; poderia se entender com as pessoas em alemão, que falava razoavelmente: havia aprendido com um amigo do pai (nada difícil: o iídiche é um dialeto do próprio alemão). Já a viagem propriamente dita, o deslocamento, representava uma dificuldade considerável. Afinal de contas, havia uma guerra opondo a Inglaterra, a França e a Rússia à Alemanha e ao Império Austro-Húngaro, que incluía a Boêmia e sua capital, Praga. Verdade: a pessoa que elaborara as instruções sabia perfeitamente da situação e indicara nos mínimos detalhes o trajeto a seguir, de maneira a evitar os postos de controle militar.

Tudo isso dando certo, estaria diante da tarefa revolucionária propriamente dita. Que sem dúvida envolveria riscos extraordinários. Ratinho estava convencido de que se tratava de uma operação de vulto: talvez um atentado à mão armada... Enfim, algo capaz de testar o ânimo revolucionário de um candidato ao partido. A violência, dizia Trotski — e Iossi repetia a todo instante — estava plenamente justificada como forma de defesa da classe operária. Ratinho estava de acordo — em teoria. Na prática, nunca manejara uma arma de fogo. Na verdade, nunca vira um revólver. O objeto mais agressivo que já empunhara era a faca do pão (com a qual, aliás, se cortara duas ou três vezes).

Bateram na porta. Era a mãe, chamando-o para jantar. Não quero, disse Benjamin, não estou com fome. Ela insistiu: vem, meu filho, vem comer alguma coisa, eu sei que estás triste por causa do Iossi, mas precisas te alimentar.

Tanto insistiu, que Benjamin acabou por sair do quarto. Sentou-se à mesa com a família, mas não conseguia comer, o alimento não lhe descia. Os pais e os irmãos olhavam-no, inquietos, sem dizer nada. Por fim, levantou-se. Desculpem, disse, mas não estou me sentindo bem.

Entrou no quarto, despiu-se, deitou-se. Não conseguiu, claro, conciliar o sono. O dilema continuava a torturá-lo: ia ou não ia? Cumpria a tal missão, abandonando o amigo, ou ignorava o pedido, ficando ao lado dele? Enquanto se debatia nessa dúvida, veio-lhe à memória uma história que o pai contava, sobre um *dibbuk*, a alma penada de um homem que não podia descansar por causa de uma promessa de casamento não cumprida. Encarnado no corpo da amada, agora casada com outro, o *dibbuk* repelia com fúria os exorcistas, gritando

Ich guei nicht arois, não irei embora. Ratinho sempre achara tolice essas coisas, as superstições judaicas, mas agora, e por alguma razão, a narrativa não lhe saía da cabeça. Quando finalmente adormeceu, teve um sonho muito perturbador. Sonhou que Iossi tinha morrido e que seu espírito encarnara nele, Ratinho. Possuído por esse *dibbuk*, ele corria pelas ruas da aldeia, gritando não imprecações judaicas, mas palavras de ordem comunistas: *Proletários de todo o mundo, uni-vos*.

Despertou trêmulo, atarantado. Normalmente teria rotulado o sonho de besteira sem sentido, resíduo de uma supersticiosa história judaica; agora via naquilo uma clara mensagem: tinha um dever de honra, de solidariedade, para com Iossi. Precisava cumpri-lo — imediatamente. Levantou-se, olhou o velho relógio: três da manhã. Dormiam todos, os pais e os irmãos. Em silêncio, vestiu-se, enfiou umas poucas mudas de roupa na velha mala de papelão da família, apanhou seu bornal, guardou dentro o envelope destinado ao escritor, junto com o seu exemplar do *Manifesto*, abriu a porta e saiu.

Atravessou, furtivo, as ruelas da aldeia adormecida e logo se viu na estrada, a caminho da fronteira. Andava rápido, o nariz e as orelhas anestesiados pelo frio cruel. De repente, e em meio à espessa névoa, explodiu um clarão: era o sol nascendo, uma visão que o encheu de incontido júbilo. Como se tivesse rompido uma invisível barreira, como se tivesse cortado os laços que o prendiam a um passado de temores paralisantes. Consegui, gritava, vou cumprir a missão.

Otimismo exagerado. A jornada estava apenas começando, uma jornada muito longa. Um camponês que ia de carroça para uma feira de aldeia lhe deu carona, mas o resto teve de fazer a pé. Era noite fechada quando chegou ao rio que marcava a fronteira.

Ali ele sabia o que fazer. Todo habitante de Chernovitzky sabia; todos estavam preparados para, a qualquer momento, fugir da aldeia — e do país. Todos sabiam dos barqueiros que faziam o transporte (ilegal, obviamente) de fugitivos. Um transporte que, naquela época de conflitos exacerbados, se tornara quase rotina: os judeus estavam saindo em massa da Rússia.

Ratinho caminhou ao longo da margem arenosa até avistar uma fogueira. Eram os barqueiros, dois deles. Estavam ali, aguardando possíveis emigrantes; tipos desagradáveis, sinistros, como seria de esperar, mas Ratinho não estava em condições de fazer exigências quanto a seus transportadores. Respirou fundo, portanto, e foi até eles. Anunciou que queria passar para o outro lado, perguntou quanto custaria o traslado. Os dois homens se olharam e um deles disse a quantia. Não era pouco, mas não era o momento para regatear. Perguntou onde estava a embarcação.

— Primeiro o pagamento — disse o barqueiro que ia levá-lo.

Ratinho tirou o maço de dinheiro do bolso e, observado pelos dois homens, contou as cédulas, entregando-as ao barqueiro. Segue-me, disse ele. Foram até a margem do rio. Ali, oculta entre os juncos, estava a canoa. Com alguma dificuldade, Benjamin embarcou. O homem se acomodou no outro banco, empunhou os remos e a travessia começou. Por alguns minutos avançaram, os dois em silêncio, por entre o denso nevoeiro que cobria o rio. O barqueiro não tirava os olhos de Benjamin, que, incomodado, evitava mirá-lo.

De repente, o homem parou de remar.

— O que houve? — Benjamin, alarmado.

— Como, o que houve? — O homem, desabrido. — Não posso descansar um pouco? Tenho de remar até arrebentar, só porque me pagaste?

— Mas a correnteza — disse Benjamin, olhando inquieto o rio — está nos levando!

— Verdade. — O barqueiro, com um sorriso irônico, sinistro. — Este rio tem muita correnteza. Sabe lá onde ela vai nos levar... A um acampamento de soldados do czar, talvez? Não sei. A correnteza é muito caprichosa.

Benjamin estava agora à beira do pânico. Não entendia bem o que o homem estava querendo — mas boa coisa não era. Não deu outra:

— Talvez possamos voltar ao nosso rumo. Sabes o que está faltando? Sabes? É um pouco de dinheiro, só isso. Eu te cobrei muito barato, rapaz. Acho que vou precisar de mais alguns rublos para recuperar as forças. Hein? Que dizes?

Só então Benjamin se deu conta: era chantagem. Nada surpreendente: entre os barqueiros que contrabandeavam fugitivos, sobretudo fugitivos judeus, tais safadezas eram comuns. O que tinha de fazer agora era regatear um pouco, na tentativa de diminuir o prejuízo.

Mas não o fez. Uma enorme raiva cresceu dentro dele. Aquilo era a injustiça de que falava Iossi, aquilo era a opressão: o forte submetendo o fraco a seu desígnio, explorando-o, sugando dele o pouco que tinha. O bom senso o aconselhava a não complicar — afinal estava, literalmente, nas mãos do barqueiro — mas não se tratava de bom senso, tratava-se de outra coisa, tratava-se de protesto, tratava-se de — revolução? Sim, tratava-se de revolução, uma pequena revolução, mas revolução, de qualquer maneira, a sua revolução particular, a sua luta de libertação. Pálido, pôs-se de pé num movimento brusco que quase fez virar o barco:

— Rema!

Mas o que é isso, começou a dizer o barqueiro, surpreso com a inesperada reação do rapazinho magro. Benjamin, porém, não queria conversa, não queria negociação, a fase de negociação tinha passado, chegara a hora da verdade, a hora de abrir o jogo — a hora da luta pelo poder:

— Rema, estou te dizendo! Rema!

— Espera um pouquinho — protestou o barqueiro, já não tão seguro de si —, o barco é meu, eu faço o que eu —

— Rema! Rema! Rema!

O homem olhava para ele, agora francamente assustado, constatou Benjamin, surpreso e gratificado. Em seu olhar feroz, em seus punhos cerrados, o barqueiro estava vendo a explosão da ira, de uma justa ira longamente reprimida. A ira de quem não tem mais nada a perder a não ser as cadeias da servidão. A ira de quem está disposto a morrer. Ou a matar.

Apesar de sua estudada arrogância, o barqueiro no fundo não passava de um homem humilde. Tirava vantagem dos assustados judeuzinhos que transportava, mas curvava-se diante daqueles cuja força reconhecia. E alguma força — obscura, surpreendente força — Benjamin tinha dentro de si. De modo que o homem empunhou os remos e, em silêncio, levou o barco até a outra margem. Desembarcou, ajudou Ratinho a desembarcar também. Antes que o rapaz partisse, deteve-o:

— Quero te perguntar uma coisa.

— Pergunta. — Ratinho, de novo desconfiado: o que é que o cara ia inventar agora?

— Tu és comunista, não és?

Por aquela Benjamin não esperava. E, para sua própria surpresa, a indagação do homem, feita com ar de suspeita, encheu-o de alegria. Como se tivesse recebido, de alguém que — bem ou mal — era um homem do povo, o reconhecimento tão esperado. Como se tivesse passado por seu batismo de fogo. Sorriu:

— Sim, companheiro. Sou comunista. E agora tu sabes como um comunista age. Agora tu sabes por que o futuro nos pertence. Pensa nisso. Une-te a nós, companheiro. Nada tens a perder, senão os grilhões que te prendem ao passado.

O barqueiro olhava-o perplexo. Evidentemente não sabia do que Ratinho estava falando. Suspirou, sacudiu a cabeça e voltou para o barco. Ratinho seguiu em frente.

Surpreendentemente, as instruções funcionaram em todas as etapas da jornada, e Ratinho viu-se a caminho de Praga, na segunda classe de um trem cheíssimo: a guerra deslocara populações inteiras, pessoas expulsas

de suas casas vagueavam de um lado para outro, na Europa, em busca de refúgio.
Paradoxalmente, aquilo era bom para Benjamin. No meio de toda aquela gente, passava despercebido. Numa das paradas, guardas armados entraram no trem, mas foi com displicência que cumpriram sua tarefa, exigindo papéis apenas de um ou outro passageiro. O miúdo e encolhido Ratinho foi esquecido.
Isto não o deixava tranqüilo. Tinha a impressão de que todos o observavam, cochichando: aquele é o homem de Trotski, está cumprindo uma missão perigosa. Inquietava-o particularmente um homem gordo, de óculos escuros, sentado a pouca distância. Óculos escuros por quê? Só podia ser alguém do serviço secreto russo ou alemão. Voltado para ele, o homem permanecia imóvel, impassível; Ratinho, nervoso, já estava até pensando em trocar de vagão. Mas a uns cem quilômetros de Praga o trem se deteve numa estação. O homem se levantou. Ajudado por uma mulher, caminhou vacilante pelo corredor, amparado numa bengala. Era cego, ele. Ratinho respirou, aliviado. E aí, vencido pelo cansaço e pela tensão, adormeceu.
Logo estava sonhando, um sonho confuso e agitado. Estava numa sinagoga cheia de gente. De repente, o rabino voltou-se para ele, mas não era um rabino, era Trotski — Trotski vestindo um xale de oração, numa sinagoga, o que era aquilo? E aí todos os que estavam na sinagoga correram na direção dele e, aos gritos de trapaceiro, trapaceiro, puseram-se a empurrá-lo para fora, enquanto Trotski, do alto do púlpito, mirava-o, acu-

sador. Ele resistia, não me mandem embora, estou com vocês, sou comunista —

Acordou com alguém a sacudi-lo fortemente. Era o fiscal do trem:

— Levanta, rapaz. Chegamos.

— Como?

Estonteado, Ratinho não sabia do que o homem estava falando.

— Estamos em Praga. Praga! Não é Praga o teu destino? Anda, desce do trem.

Atarantado, Ratinho apanhou a mala no compartimento de bagagens e precipitou-se porta afora. Saiu da estação ferroviária — e estava em Praga. Imóvel, olhava de olhos arregalados a cidade iluminada — eram dez da noite, as luzes brilhavam por toda parte —, a multidão, os carros, os bondes, os enormes prédios. Para quem nunca saíra de sua aldeia, aquela era uma visão deslumbrante e também assustadora. Assustado, Ratinho estava, mas também se sentia eufórico. Tinha conseguido. Apesar de tudo, de todos os problemas, chegara a seu destino. Agora não tinha mais dúvida de que, fosse qual fosse a sua missão, ele a cumpriria. Em breve estaria de volta em Chernovitzky; já se imaginava dizendo a Iossi, camarada Iossi, não desmereci a confiança que em mim depositaste. Mais: estava seguro de que Iossi um dia o levaria a Trotski e o apresentaria com orgulho, camarada, este aqui é o Benjamin, grande companheiro, revolucionário de primeira linha, um homem que cumpre qualquer missão, por mais difícil que seja.

O Terminus não ficava longe da estação; foi a pé, sob a neve que caía. Não tardou a encontrar o lugar. Era um hotel pequeno e decadente, a fachada ornada por gárgulas sinistras. A aparência era deprimente, mas Ratinho não era um turista em busca de conforto, era um homem com uma missão. Entrou. Da portaria, um homem gordo, careca, com uma venda preta sobre o olho esquerdo, fitou-o com desconfiança:

— O que é que você quer? — perguntou em alemão.

O tom insolente deixou Ratinho intimidado.

— Estou chegando agora... Tenho uma reserva...

— Uma reserva. — O homem, com evidente má vontade, abriu um livro de capa preta. — E em nome de quem, pode-se saber?

Ratinho vacilou um instante:

— Iossi. Iossi Perelman.

O homem consultou o livro:

— Iossi Perelman... Está certo, você tem uma reserva. Por uma semana. O pagamento é adiantado.

Ratinho tirou do bolso o dinheiro, contou a quantia e estendeu as notas ao homem que contou novamente — duas vezes. Deu-lhe então uma toalha rasgada e uma chave:

— Terceiro andar. Ali, pela escada.

Ratinho agradeceu e já ia subir, mas o homem o chamou. Para uma advertência:

— Não quero confusão, entendeu? Haja o que houver, não sei de nada.

Aquilo deixou Ratinho intrigado. Saberia o homem alguma coisa acerca de sua missão? E, se sabia, desempenharia nela algum papel? Evidentemente, porém, nada podia perguntar a respeito. Pegou a mala e subiu para o quarto.

Que era pequeno, pouco asseado — um camundongo correu a meter-se na toca tão logo o hóspede entrou — e muito frio. Havia apenas uma cama, um pequeno armário empoeirado, uma bacia, um espelho rachado. Mas era o bastante. Embora estivesse cansado, Ratinho resolveu começar a trabalhar de imediato, fazendo contato com o tal escritor.

E aí se deu conta: estava sem o bornal.

O bornal em que estava o exemplar do *Manifesto* e o envelope — o bornal não estava com ele. Olhou ao redor — não, não estava ali. Com mãos já trêmulas, abriu a mala: teria enfiado o maldito bornal ali dentro? Não. Na mala, só roupas.

Deixou-se cair sobre a cama, aturdido, apavorado. Tinha perdido o bornal. A sua primeira reação foi de raiva — raiva de si mesmo. Perdeste o bornal, desgraçado, gemia, perdeste o bornal, idiota, estúpido, burguês de merda.

Respirou fundo. Tenho de me controlar, pensava, o importante é manter a calma, raciocinar. Precisava repassar os seus últimos passos, refazer a sua trajetória, tentar enxergar — com os olhos da imaginação — o lugar onde deixara o bornal. O primeiro lugar que lhe ocorreu: o balcão da portaria. Precipitou-se escada abaixo. O homem estava ali, lendo o jornal.

— Meu bornal! — gritou. — Onde está o meu bornal?

Num primeiro momento, o homem não entendeu. Por causa do sotaque iídiche, naturalmente, mas também por causa da agitação do rapaz. Finalmente, deu-se conta do que Ratinho estava falando:

— Bornal? Não. Você não deixou nenhum bornal aqui. Quem sabe ficou no trem.

No trem. Claro. No trem. Acordado bruscamente, saíra às pressas, estonteado — e com isso esquecera o bornal.

Correu até a estação ferroviária sob a neve que agora caía mais forte, repetindo baixinho: fazei com que o trem ainda esteja lá, meu Deus, por favor, fazei com que o trem ainda esteja lá.

Entrou na estação, foi direto à plataforma em que desembarcara.

Não havia trem nenhum ali. Aliás, não havia ninguém na plataforma; só um empregado da ferrovia, varrendo o lixo. Ratinho foi até ele, perguntou pelo comboio em que chegara.

— Seguiu adiante — respondeu o homem sem olhá-lo. — Faz uma meia hora.

— E o meu bornal? — perguntou Ratinho numa voz trêmula, chorosa quase.

O homem não sabia do que ele estava falando. Ratinho contou o que acontecera. O empregado coçou a cabeça. Disse que havia uma seção de achados e perdidos, e que Ratinho poderia perguntar ali, mas a possibilidade de recuperar o tal bornal era mínima. Ratinho correu ao guichê: não, bornal nenhum fora encontrado pelo pessoal da limpeza. A moça ficou com o nome do hotel, mas repetiu a advertência do empregado da ferrovia: o bornal estava praticamente perdido:

— Já era confuso antes. Agora, com a guerra, ficou muito pior.

Arrasado, Benjamin voltou ao hotel.

— Achou o bornal? — perguntou, num tom claramente debochado, o homem da portaria.

— Não — murmurou Benjamin —, não achei.

Subiu as escadas, fechou-se no quarto, deitou-se ainda vestido — e aí prorrompeu num choro convulso. Que desastre ele era, que desastre: nem iniciada a missão, já fizera uma besteira monumental. E o Iossi, que confiara nele. Pobre, pobre Iossi.

Chorou, chorou — até que, cansado, adormeceu.

Acordou de manhã, tonto, com dor de cabeça — e com fome. Resolveu sair para comer alguma coisa — e caminhar um pouco. Precisava pensar no que fazer. Talvez lhe ocorresse alguma coisa enquanto andava. Desceu ao térreo. Ali estava o encarregado, na portaria. Levantou os olhos do jornal:

— Como é? Achou o tal bornal?

Ratinho disse que não. O homem mirou-o com evidente desconfiança:

— Quero te lembrar mais uma vez: a estadia está paga por uma semana, e só uma semana. Aliás: seis dias, agora. Depois disso, rua.

Ratinho não respondeu. Saiu, entrou num pequeno e enfumaçado café que havia em frente ao hotel. Enquanto mastigava um pãozinho dormido, tentava pôr ordem nos pensamentos e formular um plano.

Ponto número um: não podia perder mais tempo procurando o tal bornal, coisa que seguramente levaria vários dias e que provavelmente não daria certo. Ponto número dois: tinha de descobrir o homem que lhe transmitiria a missão. Não sabia quem era, mas sabia que se tratava de um escritor, judeu, e esquerdista. O que facilitava um pouco a tarefa. Mesmo numa cidade como Praga, o número de pessoas enquadradas naquela categoria não poderia ser muito grande. Tudo o que precisava era de um ponto de partida; alguém que, pelo menos, lhe desse indicações de como chegar aos escritores judeus e esquerdistas.

Quem? Até aquele momento só conhecera uma pessoa em Praga, o encarregado da portaria do Terminus. Talvez soubesse de alguma coisa, o homem; talvez aquele hotel fosse o local habitual de hospedagem para os trotskistas. Mas trotskista, o homem, com a sua cara de esbirro reacionário, não parecia. Talvez estivesse disfarçando, e muito bem; talvez estivesse testando, quem sabe a pedido do próprio Trotski, o judeuzinho recém-chegado. Pelas dúvidas, contudo, Ratinho decidiu que a ele não perguntaria nada acerca da missão. Mesmo porque isso seria admitir o próprio fracasso, e era cedo demais para tanto. Recorreria ao homem da portaria só em último caso, depois de esgotar todas as outras possibilidades. Antes disso, poderia tentar outras fontes de informação.

A associação de escritores, talvez? Não. A associação de escritores não. Desconhecido, não podia chegar lá dizendo, escutem, amigos, estou atrás de escritores judeus de esquerda — só geraria suspeita. Não, teria de achar outra forma.

Terminou de tomar o café, pagou e saiu. Foi caminhando ao acaso, pelas ruelas estreitas da Cidade Velha. Quando deu por si, estava num lugar que lhe pareceu familiar; em alguns lugares havia até letreiros em hebraico. Era a rua Maisel, no antigo gueto de Praga. Diante dele, a lendária Altneuschule, a velha sinagoga, uma construção maciça e sombria. A porta principal estava aberta. Benjamin entrou. Não havia ninguém ali. Ficou a olhar o austero interior, os velhos bancos, o armário onde estava a Torá.

— Deseja alguma coisa?

Voltou-se. Um homem muito velho, vestindo um gabão preto, fitava-o, piscando comicamente os olhinhos:

— Sou o *schames* — identificou-se —, o zelador desta sinagoga. Posso ajudar?

— Estou só visitando — respondeu Ratinho, em iídiche, coisa que encantou o homem.

— Estou às suas ordens — respondeu, também em iídiche. — Cuido da sinagoga e também a mostro aos visitantes. Eles vêm de todas as partes do mundo. Mas isso — acrescentou, orgulhoso — não é problema para mim. Sou fluente em oito idiomas: alemão, inglês, francês, espanhol, italiano... — Piscou o olho. — Mas gosto mesmo é de falar iídiche. Era a língua da minha mãe, a língua em que ela cantava para eu dormir... Essas coisas a gente não esquece. O tempo passa, mas a gente não esquece.

Ficou um instante calado, imóvel, o olhar perdido. Depois voltou-se para o visitante:

— E você? Vem de onde? Da Rússia, da Polônia?
O Ratinho hesitou. Podia confiar naquele velho? Resolveu arriscar e contar a verdade, ou pelo menos parte dela. Disse que tinha vindo de Chernovitzky e que estava em Praga a trabalho.
Chernovitzky: sim, o velhinho conhecia a aldeia, tinha até amigos que moravam na região. E continuou:
— Vem, vou te contar um pouco da história desta sinagoga.
Pegou Ratinho pelo braço, levou-o para o átrio: aqui, disse, está enterrado o Golem. Explicou que o Golem era um gigante criado do barro pelo cabalista rabi Luria para defender os judeus de Praga dos anti-semitas. Mas, tendo se rebelado contra seu mestre, ele fora aniquilado e agora jazia ali.
Contou várias outras histórias e depois se calou — evidentemente à espera de uma gorjeta.
Benjamin tinha pouco dinheiro. Mas o homem poderia, quem sabe, ajudá-lo, de modo que tirou o dinheiro do bolso e estendeu-lhe algumas moedas. O zelador contou-as e, não muito satisfeito — pelo visto, costumava receber contribuições mais substanciais —, embolsou-as, perguntando se podia fazer mais alguma coisa pelo visitante. Pergunta pro forma, mas Ratinho tinha de aproveitar todas as oportunidades. Sim, precisava de ajuda: estava à procura de escritores judeus (não ousou acrescentar a palavra "esquerdistas"). Não poderia o zelador dar-lhe alguma indicação?
— Escritores judeus? — O homenzinho, curioso. — Para que você quer encontrar escritores judeus?

— Também sou escritor — mentiu Ratinho. — Queria trocar idéias com eles.

— Hum. — O homem pensou um pouco. — Escritores judeus aqui em Praga... Não conheço muitos. Você sabe, essa gente não costuma freqüentar sinagogas. Mas há dois que de vez em quando aparecem por aqui — em busca de inspiração, acho. São amigos, os dois. Um é o Max Brod, um sujeito muito simpático. O outro é o Franz Kafka. Um tipo meio estranho...

Estranho. Aquilo pareceu a Ratinho promissor.

— Estranho? Por que diz você que ele é estranho?

— Por várias razões — replicou o *schames*, a quem evidentemente não desagradava falar da vida alheia. — É um rapaz fechado, fala muito pouco. E tem problemas com a família. Não se dá bem com o pai, que é um grande negociante mas um homem meio grosseiro. Enfim: é um revoltado, o Kafka.

Revoltado. Sim, aquilo era interessante. Atrás do revoltado pode estar o revolucionário. Atrás do revoltado deve estar o revolucionário. Só muda a sociedade aquele que não se conforma, que não aceita as coisas como são, aquele que nunca se sente inteiramente bem. E o nome... Kafka lhe parecia um bom nome para um revolucionário: aquela dupla repetição do K era sugestiva de determinação, de tenacidade. Como o T de Trotski, cujo nome, aliás, também tinha esse K. Claro, tudo impressão, mas com o que poderia contar, senão com impressões?

— Onde posso encontrar esse Franz Kafka?

— Onde ele mora, não sei exatamente. Mas ouvi dizer que tem uma espécie de escritório na Cidade Velha.

Numa casinha muito antiga. Fica na rua dos Alquimistas, atrás do castelo Hradschin.
Rua dos Alquimistas, atrás de um castelo? Estranho lugar para um escritor comunista, pensou Ratinho. Pelo que lembrava, alquimistas eram uns caras que procuravam transformar metais em ouro; especuladores, portanto, e da pior espécie, daqueles que misturam magia com especulação, capitalismo com crendice. E por que morar perto de um castelo, reduto atual ou passado da nobreza, símbolo de desigualdade? Talvez se tratasse de coisa pensada, de uma escolha com propósito definido. Talvez o nome da rua e a visão do castelo funcionassem para Kafka como um estímulo capaz de reforçar a indignação sem a qual a revolução é impossível.

— Você também me parece um revoltado. — O velho, mirando-o com olhar penetrante.

— Eu? — Ratinho, esforçando-se por disfarçar a perturbação. — Eu, o cara mais tranqüilo do mundo, pareço revoltado? Que bobagem. De onde é que você tirou essa idéia?

O velho sorriu:

— A vida, amigo, a vida me ensinou a conhecer as pessoas. E você não sabe mentir. — Aproximou-se, baixou a voz. — Você não me engana, rapaz. Você não é escritor coisa nenhuma. Você está metido em alguma confusão. Não sei qual, mas vou lhe dar um conselho: volte para a sua aldeia, esqueça o que veio fazer aqui. Você conhece a história do rabino que veio a Praga em busca de um tesouro?

Ratinho não conhecia, então o velho contou. Um rabino de uma aldeia polonesa sonhara que, enterrado perto de uma ponte de Praga, havia um tesouro. O sonho foi tão impressionante que ele o considerou uma verdadeira premonição. Assim, despediu-se da família e foi para Praga. Chegou à cidade, reconheceu a ponte que vira no sonho e começou a cavar. Um guarda veio ver o que ele estava fazendo. Sem se identificar, o rabino narrou-lhe, então, o sonho. O guarda riu: "Sonhos! Quem acredita em sonhos? Esta noite eu sonhei que debaixo do fogão da casa de um rabino da Polônia estava enterrado um tesouro. Veja só que bobagem". O rabino voltou para casa, cavou sob o fogão e, dito e feito, lá estava o tesouro.

Uma pausa e o homenzinho concluiu:

— Você veio aqui exatamente para isso, para que eu lhe dissesse que tem de voltar para casa e encontrar lá a resposta para os seus problemas. Pois é o que eu acabo de fazer. Volte para casa, rapaz, siga os conselhos de seus pais. A paz de espírito é um tesouro, um tesouro sem preço.

Nova pausa.

— Você fará isso?

— Não — respondeu, seco, o Ratinho.

O velho suspirou.

— Eu sabia que você não ia seguir o meu conselho. Nisso você tem alguma coisa de parecido com o Kafka. Quando contei a ele a história do Golem, fiz-lhe uma advertência: não devemos criar coisas sobre as quais não teremos controle. E a ficção é isso, uma coisa sem

controle. Você começa a escrever, a inventar, e quem sabe onde vai parar? E depois, para que mais livros? Tudo o que é importante está escrito na Torá. A Torá —
— E Kafka? — interrompeu Ratinho —, o que foi que ele disse?
— Nada. Não disse nada. Nem me deu bola. Deve achar que não passo de um velho tonto que conta historinhas para receber gorjetas. Mas este velho tonto sabe muito mais do que vocês, os jovens, imaginam.
Ficou em silêncio um instante, um silêncio claramente magoado. Depois, com um gesto de desgosto, voltou-se para o Ratinho:
— Falando em tesouro e em gorjetas, você poderia aumentar um pouco sua contribuição. Gastei mais tempo com você do que com qualquer outro visitante.
Por aquela o Ratinho não esperava. Mas não teve coragem de recusar. Tirou do bolso uma moedinha e estendeu ao velho que olhou para ela ofendido:
— Só isso? Depois de todas as explicações que lhe dei, e dos conselhos?
Ratinho explicou que era pobre, que tinha feito a viagem com muita dificuldade e que precisava poupar seu escasso dinheiro.
— Sempre a mesma conversa — disse o velho, ácido. — Dinheiro escasso, a crise, a guerra... E quem sai perdendo sou eu. Mas eu mereço. Mereço porque sou bobo. Nunca quis estudar, preferi ser *schames* nesta sinagoga. E sabe por quê? Porque eu sempre gostei deste lugar, sempre gostei de contar histórias sobre o Golem. E isso dá pouco dinheiro. As pessoas vêm aqui, escutam, e

41

quando chega a hora de desembolsar é só desculpas. Você ouviu falar de um homem chamado Freud?

O Ratinho não sabia de quem se tratava.

— Ele ouve histórias, conta histórias. Como eu. Mas cobra, e cobra bem. Verdade que é doutor, e eu nunca estudei nada. Mas se eu soubesse me valorizar, já estaria rico. Você não acha?

— Não, não acho. — Ratinho, subitamente irritado.

— E também não acho que o dinheiro seja tão importante assim.

E, uma vez que tinha começado, foi em frente. Fez um verdadeiro discurso de comício: não entendia aquela ambição num mundo de tantas desigualdades, um mundo em que os ricos estavam com os dias contados. Quando se deu conta, já era tarde. O velho olhava para ele de cenho franzido:

— Bem que eu desconfiei — disse. — Você deve ser um desses revolucionários malucos que andam por aí. Como aquele Gavrilo Princip, que matou o arquiduque e começou essa guerra horrível. Só não entendo uma coisa: o que você quer nesta sinagoga? Isto aqui não é lugar para loucos. Acho melhor você ir embora.

Caindo em si, Ratinho deu-se conta da bobagem que havia feito. De que adiantava brigar com um velho inofensivo que, ademais, poderia lhe proporcionar alguma ajuda, por pequena que fosse? Com um sorriso forçado, pediu desculpas: tinha feito uma longa viagem, ainda estava cansado e, por isso, muito nervoso. Que o homem o perdoasse.

— Perdoar, eu posso, não me custa nada — disse o

zelador. — Mas, se você quer o meu conselho, contenha-se. Não fale demais. Evite encrencas.
Ratinho despediu-se e saiu. Na rua, perguntou a uma velha judia onde ficava a rua dos Alquimistas. Radiante por ouvir alguém falando iídiche — os judeus aqui de Praga já esqueceram a nossa língua —, ela o acompanhou até lá.

Era estranha, aquela rua, para dizer o mínimo. Um estreito caminho ao longo da antiga muralha da Cidade Velha, que servia de parede dos fundos para uma fileira de casas encimadas por chaminés. "Casas" era um termo até exagerado para aquelas construções minúsculas — miniaturais, mesmo: a porta não teria mais de um metro e sessenta de altura, e a área toda de construção seguramente não ultrapassava seis metros quadrados. Como é que alguém pode morar aqui, ele se perguntava. A casa de sua família, na aldeia, era pequena, mas aquilo era demais. Kafka devia ser mesmo um tipo estranho.

Em qual das casas moraria? Na dúvida, resolveu tentar; bateu à porta de uma delas. Um homem corpulento, com óculos de lentes grossas, abriu, perguntando de maus modos o que ele queria. Você é Franz Kafka?, perguntou o Ratinho. O homem riu, superior:

— Franz Kafka, eu? Nunca. Eu sou um grande escritor, o Kafka não passa de um confuso, de um sujeito que não se encontrou. Não, eu não sou o Franz Kafka. A casa dele é aqui do lado — no número 22.

Uma pausa e acrescentou:

— Mas você não vai encontrá-lo. A esta hora, está no

trabalho. Tem um emprego, sabe? Um emprego burocrático. E sabe por quê? Porque não consegue viver de literatura. Claro: ninguém entende o que ele escreve. Uma das histórias — "Metamorfose", parece que é o título — é sobre um homem que se transforma em inseto. Você já viu coisa mais esquisita? Se fosse literatura infantil ainda se compreenderia, mas não, ele escreve para adultos — uma coisa sombria, confusa. Eu sei, você não me perguntou nada a respeito, mas, como escritor, me sinto na obrigação de advertir as pessoas: cuidado com esse Kafka. Ele não é nada do que vocês estão pensando.

Ratinho ouvia, assombrado — e apreensivo. Não era aquela a imagem que esperava do Kafka escritor. Um revolucionário, pensava, pode fazer literatura e até deve fazer literatura — mas literatura engajada, literatura capaz de mobilizar as massas para a revolução. Agora — homem se transformando em inseto, o que era aquilo? Seria mesmo Franz Kafka o homem que estava procurando? Apesar das dúvidas, decidiu que pelo menos faria uma tentativa de contato. Só que não podia esperar até a noite.

— O senhor sabe onde ele trabalha?

O homem olhou-o com expressão amargurada.

— Vejo que de nada adiantou minha advertência. Você quer mesmo é esse tal de Kafka. Eu ia convidar você para entrar, ia lhe falar sobre minha literatura, ia até lhe dar um livro de presente, um livro que escrevi e que mandei imprimir com meu dinheiro, com as economias de toda uma vida. Mas não, você quer o Kafka, o Kafka, o Kafka!

Dominou-se, esboçou um sorriso.

— Está bem. Eu lhe dou o endereço, mas depois não diga que não avisei.

Franz Kafka trabalhava no Instituto de Seguros de Acidentes do Trabalhador. Ratinho dirigiu-se apressado para lá. Tratava-se de um prédio enorme, com uma fachada neoclássica abundantemente decorada. O que, mais uma vez, deixou Ratinho perplexo. Sim, de um revolucionário se esperaria que estivesse em contato com os trabalhadores — mas não numa repartição daquelas, que claramente representava apenas uma alienante concessão da burguesia à classe operária. Mas talvez Kafka estivesse ali como elemento infiltrado. Talvez o seu papel fosse exatamente esse, entrar em contato com operários acidentados, identificar entre eles potenciais revolucionários, recrutá-los para o Partido. Um maneta pode ser inútil numa fábrica, mas nada impediria que, com a mão válida (mesmo que essa mão válida fosse a esquerda), arremessasse pedras ou até granadas.

Especulações, claro. Mas que logo teriam um fim. Em poucos minutos descobriria se Kafka era ou não o portador da mensagem que buscava. Se era, todo o resto, o lugar onde morava e trabalhava, a literatura que fazia, tudo aquilo deixaria de ter importância.

Entrou no prédio, dirigiu-se à portaria.

— Estou procurando Franz Kafka — disse à mulher que lá estava.

Ela o fitou, arrogante, por sobre os óculos:

— O doutor Franz Kafka, você quer dizer.

— Como? — Ratinho não estava entendendo.
— Doutor. — A mulher enfatizou a palavra. — Doutor. Ele é advogado, sabe? E para os advogados, o tratamento é "doutor". — Sacudiu a cabeça: — Essa gente não aprende nunca, nunca. O escritório do doutor Kafka é no quinto andar. Você tem hora marcada?

Não, o Ratinho não tinha, obviamente, hora marcada.

— Então — a funcionária, triunfante — acho que você não vai ser atendido. Sem hora marcada, não é possível.

Ratinho pediu, implorou: precisava falar com o doutor Kafka, era coisa rápida, menos de um minuto. A mulher sacudia a cabeça, firme como uma rocha: só com hora marcada. O Instituto era uma repartição, não um mercado de verduras.

Aquilo era demais. Ratinho começou a chorar. Esforçava-se por conter o pranto, mas não conseguia: as lágrimas corriam-lhe pela face. A mulher fitava-o sem surpresa — pelo visto, aquela era uma cena a que estava habituada. Mas dessa vez, por alguma razão, comoveu-se:

— Escute: não posso deixar você subir. Mas vou lhe dar o telefone. Se é coisa rápida como você diz, talvez dê para resolver com um telefonema.

Apanhou uma folhinha de papel, escreveu rapidamente um número, entregou-a a Ratinho:

— Aqui está. Mas não fale a ninguém. Não podemos dar essa informação. Só fiz isso porque —

Por quê? Por que adivinhara nele o idealista, o lutador por um mundo melhor? Não havia como esclarecer a dúvida. Ratinho agradeceu efusivamente e saiu.

Ia voltar para o hotel e telefonar, mas mudou de idéia. Lá, só poderia fazê-lo da recepção, e sob a vigilância do sinistro careca, o que não lhe agradava. Melhor achar um telefone por ali mesmo. Virando a esquina, descobriu uma farmácia e pediu para usar o telefone — mas aí surgiu outro problema.

Ratinho não sabia telefonar. Nunca tinha usado um telefone na vida — era coisa que não existia na aldeia. Imaginava que não fosse difícil, mas não tinha a menor idéia do que fazer. Resolveu, portanto, pedir explicações ao boticário — um homem muito empinado, de óculos e cavanhaque. Espantado, mas com bom humor, ele lhe ensinou como fazer. Por precaução — não queria se atrapalhar na hora de transmitir a mensagem —, escreveu num pedaço de papel a frase que tinha de dizer, a senha. Só então pediu a ligação. Com êxito:

— Aqui é Franz Kafka — disse, do outro lado, uma voz neutra.

Foi tamanha a emoção que Ratinho, perturbado, deixou o papel cair no chão. Levantou-o, mas sua mão tremia tanto que não podia ler. Finalmente conseguiu sussurrar:

— Estou encarregado de receber o texto.

— Como? — Pelo jeito, Kafka não tinha ouvido bem.

— Estou encarregado de receber o texto — repetiu o Ratinho, o coração batendo forte.

— O texto. Sei. — Uma pausa. — Como é mesmo o seu nome?

— Iossi.

— Iossi. E onde é que você mora, Iossi?

— No Hotel Terminus. Sabe onde é?
— Sim, sei onde é. Hoje mesmo mando entregar.

Ratinho desligou — radiante com aquela conversa lacônica, mas decisiva. Franz Kafka era mesmo o homem, quanto a isso não tinha mais dúvida. Felicitava a si mesmo pela inteligência. Falhara ao perder o bornal com o envelope, mas conseguira corrigir o erro. Estava agora confiante de que cumpriria a missão, fosse ela qual fosse. Voltou para o hotel e lá estava o homem, a mirá-lo com seu único e zombeteiro olho:

— Ah, aí está o nosso hóspede, voltando do passeio. Como é? Gostou do que viu em Praga?

A pergunta parecia inocente — mas será que não se tratava de uma armadilha? Um enigma, aquele homem; e, até prova em contrário, desagradável e perigoso enigma. Ratinho resolveu não facilitar: respondeu com cordiais generalidades e subiu para o quarto. No caminho para o hotel havia comprado pão e salame; preparou um sanduíche e comeu. O pai morreria de desgosto se soubesse que o filho estava se deliciando com salame, proibido para judeus religiosos, mas isso só fazia aumentar o seu prazer.

Tendo matado a fome, deitou-se. Eram cinco da tarde, mas a noite caíra sobre a cidade, uma noite escura, de nevasca. Cansadíssimo, Ratinho não conseguia, contudo, adormecer. A expectativa do dia seguinte, da mensagem que iria receber, tirava-lhe o sono. Se pelo menos pudesse ler... Mas o *Manifesto*, que era sua leitura praticamente exclusiva nos últimos tempos, tinha se perdido. "Um espectro assombra a Europa", recitou baixinho, "o espectro do comunismo." Sim, do começo ele lembrava e do resto lembrava também, mas lhe fazia falta o livro, o livro que sempre lia antes de adormecer. Ocorreu-lhe que precisava ler alguma coisa daquele Franz Kafka, nem que fosse como prova de solidariedade. Mas homem se transformando em inseto... Não, não estava seguro de que gostaria daquilo. E remoendo esses pensamentos, acabou por adormecer.

Acordou sobressaltado: oito horas, já! Como tinha dormido tanto tempo? Vestiu-se rapidamente e desceu. Ali estava o homem, com seu jornal. Ratinho hesitou um instante e perguntou se tinham deixado uma encomenda para ele.

— Não — foi a resposta seca do homem, que nem sequer levantou os olhos do jornal.

Não havia mais nada a fazer senão esperar. Ratinho decidiu sair para comer alguma coisa; aquele talvez fosse um dia difícil, não seria bom começá-lo de estômago vazio. Saiu, pois, entrou num modesto café e pediu um desjejum reforçado: muito café com leite, muito pão com manteiga. Alimentado, voltou ao hotel. E agora o homem da portaria tinha, sim, algo para ele:

— Acabaram de deixar isto para você.

Uma vertigem se apossou de Ratinho ao apanhar o envelope com o nome Iossi escrito em caprichadas letras. Ali dentro estava a mensagem que esperava. Não: ali dentro estava o seu futuro, o seu destino.

Mais uma vez, conseguiu disfarçar a perturbação.

Procurando aparentar indiferença e mesmo tédio, disse ao homem que estaria em seu quarto. Subiu as escadas, mas tão ansioso estava que não conseguia enfiar a chave na fechadura. Por fim abriu a porta, entrou, fechou-se a chave e sentou na cama.

Examinou o envelope. Fora fechado, mas de maneira perfunctória, tanto que pôde, sem dificuldade, abri-lo. Continha uma folha de papel, uma única folha de papel. Nela, em alemão, algumas linhas datilografadas, com a assinatura de Franz Kafka embaixo:

Leoparden in Tempel
Leoparden brechen in den Tempel ein und saufen die Opferkrüge leer; das wiederholt sich immer wieder; schliesslich kann man es vorausberechnen, und es wird ein Teil der Zeremonie.

Ratinho leu e releu o texto umas dez vezes. E cada vez que lia, seu desespero aumentava.

Para começar, não conseguira entender tudo; seu rudimentar alemão não dava para tanto. A única coisa que estava clara era o título — "Leopardos no templo"; clara, mas nem por isso menos enigmática.

E agora? Não tinha como decifrar o texto sem a folha de papel que havia perdido e que, selecionando palavras e acrescentando outras, funcionaria como a chave capaz de revelar a mensagem ali oculta. Era um empreendimento fadado ao fracasso. E tudo por causa de sua inacreditável incompetência.

Postou-se na frente do espelho rachado, olhou-se.

Respirou fundo. Calma, disse a si mesmo, procura manter a calma, procura raciocinar. Resolveu enfrentar o problema por etapas. Qual a primeira etapa? Entender o que estava escrito ali, em alemão. Talvez pudesse então detectar as palavras que o levariam ao alvo. Para isso, para um texto que adivinhava literário, seu alemão era insuficiente; alguém teria de traduzi-lo para o russo ou, melhor ainda, para o iídiche. Mas quem? O velho da sinagoga. Claro! O homem não se autodefinira como poliglota? E não tinha se colocado à disposição dele? Talvez a tradução lhe custasse algum dinheiro, mas valeria a pena. Resolveu ir de imediato à velha sinagoga. Antes disso, contudo, copiou o texto numa folha de papel. Não poderia mostrar a ninguém o original. Por uma simples razão: trazia a assinatura de Kafka. Uma imprudência, aliás, só explicável pela vaidade, comum entre os escritores, ao menos entre os escritores burgueses. Pelo jeito, o doutor Franz — talvez um iniciante, como o próprio Ratinho — precisava aprender algumas coisas a respeito da modéstia revolucionária.

    Quando chegou à Altneuschule o velho estava no átrio, às voltas com um grupo de turistas americanos. Em inglês, e com um entusiasmo facilmente explicável pela próspera aparência dos visitantes, contava, com muitos detalhes, a história do Golem. Apesar da impaciência, Ratinho teve de esperar.

    O velho terminou de falar, recebeu os agradecimentos e as generosas gorjetas dos visitantes, e então voltou-se para o Ratinho. Irônico:

— Você? De novo? E a que devo tamanha honra?

— Quero lhe pedir um favor. Preciso traduzir uma coisa para o iídiche...

— Não sou tradutor — disse o velho.

— Eu sei que não é. Mas você fala vários idiomas... Agora mesmo vi você contando sobre o Golem em inglês...

— Está bem — suspirou o velho. — Desde que não seja uma coisa muito comprida...

— Não é. — Ratinho tirou do bolso o papel e estendeu-o ao velho. — São só estas poucas linhas.

O velho leu e releu o texto.

— É muito esquisita, esta coisa — disse intrigado. — O que é isto? Um quebra-cabeça, uma adivinhação?

— Exatamente — disse Ratinho. — Uma adivinhação. E vale dinheiro. Fiz uma aposta com um cara que está hospedado no mesmo hotel que eu. Segundo ele, até hoje ninguém matou essa charada. Eu aceitei o desafio. E estou disposto a decifrar essa coisa. Você sabe: nós, judeus, adoramos jogos com palavras.

O velho riu:

— Verdade. Eu ajudo, mas com uma condição: se você ganhar a aposta, quero a minha parte.

Em iídiche, explicou do que se tratava. Ratinho ficou sabendo que os leopardos irrompiam no templo e bebiam até o fim o conteúdo dos vasos sacrificiais; que isso se repetira tantas vezes que no fim todos já sabiam o que ia acontecer, e que afinal a cena tinha passado a fazer parte do ritual.

— E aí? — perguntou o velho. — Você sabe a que se refere isto?

— Não — disse o Ratinho. — Não sei. Você sabe?
— Eu? Quem sou eu? Se eu dominasse a Cabala como o rabino Judah Löw, talvez pudesse lhe ajudar: para decifrar coisas obscuras, os cabalistas são mestres. Não é o caso, não passo de um zelador. Sou, modéstia à parte, um homem culto, um poliglota, mas reconheço minhas limitações. Você vai ter de procurar alguém capaz de explicar o que está escrito aqui.
— Quem?
— Sei lá — disse o velho, acrescentando, brincalhão: — Talvez o Freud possa lhe dizer alguma coisa. Ele decifra sonhos, talvez decifre essa coisa, que parece o resumo de um pesadelo.
Riu:
— Só que o Freud mora longe, em Viena... Falando sério: não sei quem pode ajudar você.
— Está bem — suspirou Ratinho. — De qualquer jeito, agradeço o seu auxílio.
Estendeu-lhe algumas moedas, que o homem recusou:
— Não, você não me deve nada. Fiz isso para ajudar.
Ratinho, agradecido, despediu-se.
— Volte sempre — disse o velho. — Mas sem esses quebra-cabeças.

Ratinho retornou ao hotel. Da portaria, o homem olhou-o, zombeteiro:
— Você está com cara de preocupado. Pelo visto não está conseguindo resolver seus problemas... — Fechou a cara. — Lembre-se: você tem seis dias. E o tempo está correndo.

Ratinho subiu as escadas, entrou no quarto, fechou a porta. Estava decidido: não se deixaria abater pelo desânimo. Afinal de contas, vencera várias etapas: chegara a Praga, recebera a mensagem. Verdade, não tinha o código que permitiria decifrá-la. Então tentaria, ele mesmo, descobrir o código.

Tirou da mala a caderneta e um lápis e escreveu, em iídiche, o texto tal como o zelador o traduzira. Leu-o de novo. Depois pegou o texto de Kafka e comparou os dois até ter certeza de que compreendia, palavra por palavra, o que ali estava escrito em alemão.

(Compreendia? Talvez. Era complicado, aquele Kafka. Se pudesse, Ratinho pegaria o telefone e se queixaria: "Não entendo o que você escreve, camarada Kafka. Sinto muito, mas não entendo. Talvez o seu texto represente um novo estágio na literatura, um estágio que escapa ao alcance da maioria das pessoas. Mas permita-me perguntar, camarada: o que escapa ao alcance das pessoas — é revolucionário? Veja o meu caso. Não sou um intelectual, sou uma pessoa simples, um judeuzinho de aldeia que acredita na revolução como forma de mudar a sua vida e a vida de sua gente — não tenho direito a textos que me digam alguma coisa, que me transmitam uma mensagem progressista? Judeuzinhos de aldeia também são gente, camarada, também precisam de livros. Faça sua autocrítica e pense neles na próxima vez que escrever algo como este seu *Leopardos no templo*".)

O que teria de fazer agora — se não tivesse perdido o bornal — seria colocar sobre o *Leoparden in Tempel* a folha de papel que decifraria a mensagem. Os recortes

na folha selecionariam, da página de Kafka, certas palavras; junto com as palavras que trazia escritas, forneceria a mensagem correta. Na falta do código, como proceder?
   Um ponto de partida seria detectar palavras-chave, palavras que fizessem sentido na descrição de uma tarefa revolucionária. Não era o caso dos verbos: "irrompem", por exemplo, não sugeria nada, não apontava caminho algum. Irrompem: onde? Irrompem: quando? Irrompem: como? Irrompem: para quê? Ratinho gostava da palavra, que lhe parecia audaz, revolucionária; mas tinha de reconhecer que, isoladamente, ela ficava sem sentido. Nem o progressista "irromper", nem o reacionário "repete-se"; melhor se concentrar nos substantivos, acompanhados ou não de adjetivos. Afinal, tudo o que é concreto pode ser nominado.
   Depois de pensar muito, sublinhou "leopardos", "templo", "vasos sacrificiais" e "ritual".
   Leopardos, então, para começar.
   Ratinho jamais vira um leopardo. Nem tigre, nem leão, nem pantera, nenhum desses animais ferozes. Na aldeia falava-se muito em lobos, e os viajantes os temiam, mas nem mesmo um lobo ele tinha visto. Em matéria de feras, sua experiência restringia-se a um velho livro infantil em russo, ilustrado, chamado *Uma viagem pela África*. Uma gravura, ainda nítida em sua memória, mostrava vários felinos selvagens — mas qual era mesmo o leopardo? Não era o de juba; o de juba era o leão. Também não era o preto — o preto era a pantera.
   Identificar um leopardo era, contudo, questão se-

cundária. O principal era descobrir de que maneira leopardos poderiam se configurar como alvo de uma ação revolucionária. Ratinho não tinha resposta para essa questão. Tratar-se-ia de atacar leopardos? Onde? No zoológico, se é que havia um em Praga? E por quê? O que teria Trotski contra os leopardos? Talvez se tratasse de uma coisa simbólica. O leopardo é uma fera. Os capitalistas são ferozes, na sua ganância pelo lucro, na sua disposição de explorar o proletariado. Matar um leopardo no zôo poderia ser uma forma de mostrar aos capitalistas de Praga que estavam condenados. Mas, raciocinava Ratinho, os operários também são ferozes quando fazem reivindicações, quando vão à greve. Como diferenciar a ferocidade de uns da ferocidade de outros? De que maneira separar a ferocidade progressista da ferocidade reacionária? Seria o caso de deixar, ao lado do leopardo morto, uma mensagem esclarecedora, informando que o animal fora sacrificado para servir de exemplo aos donos do poder?

    Talvez não se tratasse de leopardos verdadeiros. "Leopardos no templo" poderia muito bem ser o codinome — um pouco inusitado, mas não é da essência revolucionária o inusitado? — de um grupo trotskista de Praga, o grupo que o auxiliaria na ação. Afinal, dizia Kafka, estavam invadindo um templo, coisa que certamente a revolução faria; nesse sentido integravam-se perfeitamente na inexorável marcha da história. Mas o que se seguia, no texto, arruinava um pouco — não, arruinava consideravelmente — a lógica do raciocínio. Porque os leopardos invadiam o templo não para destruí-lo, não para dali afugentar os mercadores da credulidade, padres, pastores ou rabinos — os leopardos iam lá beber o conteúdo de vasos sacrificiais. Por que fariam isso? Não se tratava de uma apologia à bebida alcoólica, mesmo porque Kafka não era explícito a respeito do que havia nos vasos. Qual então o significado do ato? Seriam os leopardos feras treinadas para defender o clero, o poder? Neste caso, não designaria o codinome militantes de direita? Admitindo os leopardos como revolucionários, havia, contudo, outro aspecto desconcertante: a frase final. A invasão dos felinos, sustentava Kafka, tornava-se previsível. Ora, pode um revolucionário ser previsível? A característica maior da revolução não é exatamente essa, a imprevisibilidade que permite tomar de assalto a fortaleza do poder? Teriam os leopardos se burocratizado, vamos lá assinar o ponto — como Kafka na repartição? As invasões, tornando-se previsíveis, eram incorporadas ao ritual. Significava isso uma cooptação, uma acomodação aos valores burgueses? Ou, na visão de Kafka, teriam os bichos assumido o poder sob a forma de um governo de coalizão? Só que coalizão... Hum, coalizão... Coalizão era uma idéia perigosa, para dizer o mínimo. Um governo de coalizão, ensinava Iossi, seria possível sempre e quando o partido revolucionário não abrisse mão de seus princípios, e mesmo assim em caráter transitório, apenas para enfrentar inimigos muito fortes. Em seguida, os revolucionários deveriam livrar-se desses companheiros de viagem, inclusive arrojando-os (figuradamente ou não tão figuradamente assim) pela borda da nau insurrecional.

Em suma, os tais leopardos eram, no mínimo, bichos controversos. Como chegar a uma conclusão sobre eles? Ratinho recorreu a um exercício de imaginação, levando-os a julgamento no Tribunal do Povo — julgamento no qual ele era a um tempo o promotor de acusação, o advogado de defesa e o magistrado. Argumentos e contra-argumentos se sucediam, num verdadeiro duelo dialético. De repente a verdade emergiu, e ele, como juiz, deu a sentença: o texto de Kafka identificava os leopardos como um grupo de predadores particularmente agressivos, capazes de destruir até mesmo valores tradicionais. Que predadores? Predadores burgueses. Nesse sentido, o *Manifesto* era bem claro: a burguesia terminou com as relações feudais, patriarcais, idílicas; ela afogou o êxtase religioso, o entusiasmo cavalheiresco, o sentimentalismo filisteu na água gelada do cálculo egoísta (semelhante ao cálculo que estabelecia como previsível a volta dos leopardos). A burguesia tornou ultrapassadas as pirâmides egípcias, os aquedutos romanos, as catedrais góticas — sem falar, claro, nos templos em geral. Não há nada sagrado para a burguesia. O burguês desencantou o mundo. Em conclusão: o texto — uma metáfora baseada no *Manifesto* — não indicava que Ratinho devesse procurar um grupo de codinome Leopardos. Mas também não indicava que devesse matar leopardos. Se é que realmente figuravam na mensagem decodificada, final, os felinos serviriam, no máximo, de referência. Referência para o quê? Isso ele descobriria depois. No momento, podia passar para o vocábulo seguinte.

Templo, então. Agora estava pisando terreno mais concreto. Qualquer templo — católico, protestante, budista, judaico — era um reduto da religião. E a religião, Marx tinha dito, é o ópio do povo. De modo que um ataque a um templo fazia sentido. Mas por que um templo em Praga? Do ponto de vista religioso, Praga não era uma cidade importante, como Roma, ou Jerusalém. Talvez houvesse, entre as várias igrejas da cidade, alguma particularmente importante. Qual igreja? E importante por quê? Isso precisava ser esclarecido. A esclarecer, igualmente, a menção aos vasos sacrificiais, equipamento de templos pagãos. No caso de uma igreja católica, o equivalente seria representado pelos cálices usados na missa. Ratinho sabia que tais cálices, de ouro ou prata, decorados com pedras preciosas, podiam valer muito dinheiro — dinheiro que faltava aos revolucionários. Consistiria a operação no confisco (em se tratando de revolução, "roubo" não parecia o termo adequado) dos cálices? Talvez. Um gesto simbólico unido ao ganho material. Fazia sentido.

Ainda restava a palavra "ritual". Teria a ação revolucionária como objetivo perturbar, ou interromper, um ritual? Mas que ritual? E onde seria realizado tal ritual? Vago, aquilo, muito vago. Mas podia partir do princípio de que o ritual teria como cenário o templo mencionado no texto. Pelo menos simplificaria a busca.

O templo, então. Para fins práticos: a igreja. Outro tipo de templo não justificaria uma ação revolucionária. O que fazer na Altneuschule, por exemplo? Seqüestrar o velho zelador? Tomar posse do suposto túmulo do Go-

59

lem? Bobagem. Se era templo, o alvo, teria de ser uma igreja. Mas que igreja? Teria de fazer um levantamento nessa área, talvez em repartições turísticas ou mesmo pedindo auxílio de religiosos: dialeticamente, eles cavariam a cova na qual seriam enterrados.

Sentiu fome; passava da uma da tarde e ele estava de estômago vazio. Resolveu descer para comer alguma coisa.

Na rua passou por um quiosque de jornais. Um dos periódicos, o *Pravo Lidu*, mostrava na capa um desenho de uma manifestação obreira: operários desfilando de punhos cerrados. Perguntou ao homem do quiosque que jornal era aquele. É o órgão do Partido Socialista, foi a resposta.

Partido Socialista: aquilo deu uma idéia ao Ratinho. Não gostava muito dos social-democratas — reformistas bem-comportados, segundo a desdenhosa expressão de Iossi —, mas seguramente eles também detestavam a direita. Talvez pudessem lhe informar alguma coisa sobre o templo objeto da missão.

Perguntou ao homem onde ficava a sede do jornal. Não era muito longe. Esquecendo a fome, Ratinho dirigiu-se de imediato até lá.

A pequena redação estava vazia. Somente um solitário jornalista martelava furiosamente o teclado da máquina de escrever. Ratinho foi até a mesa dele.

— Que deseja? — perguntou o homem, sem levantar os olhos da folha de papel.

— É o seguinte... — começou o Ratinho.

— Seja objetivo — atalhou o jornalista. — Vá direto

ao ponto. Isto aqui é um jornal, não um confessionário ou um consultório sentimental. Não temos tempo a perder. Diga o que o traz aqui.

Ratinho contou que era estrangeiro, que também tinha idéias socialistas (não usou o termo "comunistas") e que, ao passar pelo jornal, resolvera entrar para conhecer a redação e também para pedir umas informações.

— Que informações? — O jornalista, impassível.

Ratinho, que continuava de pé, como se estivesse respondendo a um inquérito, mexeu-se, desconfortável.

— Umas informações sobre Praga...

— Sei. Que informações sobre Praga?

— Sobre certos lugares de Praga...

— Quais lugares de Praga?

— Igrejas, por exemplo... Templos em geral...

— Igrejas? Templos em geral? Não estou entendendo. Você não disse que é um homem de esquerda? Homens de esquerda, que eu saiba, nada têm a ver com igrejas e templos. Mas vamos lá: o que está você procurando?

— Falaram-me — a voz de Ratinho agora saía esganiçada pela ansiedade — que aqui em Praga existe uma igreja muito rica, muito luxuosa... Que os cálices... Esses que os padres usam na missa, você sabe... São cálices muito valiosos... De ouro, parece...

O jornalista agora estava francamente desconfiado. E Ratinho bem podia imaginar por quê. Um desconhecido chega à redação de um jornal de esquerda e começa a fazer perguntas estranhas. O homem tinha todo o direito de suspeitar dele. Tentou emendar — você pode confiar em mim, companheiro, estou do seu lado, também estou comprometido com esse grande ideal que é transformar o injusto mundo em que vivemos, criar uma nova sociedade, posso até fazer uma assinatura do jornal agora mesmo, não uma assinatura muito longa, não tenho dinheiro suficiente, mas faço, por exemplo, uma assinatura semestral... O jornalista, porém, não queria mais conversa:

— Olhe aqui: a mim não importa se você é de esquerda ou de direita: se quer informações sobre igrejas, vá pedir a um padre, não a mim.

— Mas —

O homem se pôs de pé, ameaçador:

— Escute — rosnou —, tenho trabalho a fazer, não posso mais perder tempo com você. Saia, ou jogo você no olho da rua.

Ratinho deixou a redação arrasado. Desperdiçara uma preciosa chance de possível ajuda — e por pura inabilidade, por burrice. E agora? A quem recorrer? Ao Kafka, o enigmático Kafka? Inútil. Kafka já fizera sua parte no processo; prontamente mandara entregar a mensagem no hotel. Nada mais se lhe podia pedir. Nada mais poderia pedir-lhe um judeuzinho tonto vindo da Europa Oriental, um judeuzinho que fazia uma besteira atrás da outra. Idiota, resmungava baixinho, não passo de um idiota, o pobre do Iossi não sabia o que estava fazendo quando me pediu para cumprir a missão por ele, só cometeu esse erro porque estava delirando.

Continuou andando, e aí avistou, não longe do castelo Hradschin, uma igreja muito antiga. Súbita esperança: seria aquele o templo mencionado no texto? Foi até lá. Era a primeira vez que Ratinho entrava numa igreja. O efeito foi extraordinário. Era como se tivesse saído da realidade e penetrado num mundo estranho, opressivo. A imponente arquitetura, os altares, as velas acesas, as imagens de santos, tudo aquilo o intimidava — atemorizava-o, até. Não, ele não estava na pequena, rústica sinagoga de Chernovitzky, mesmo porque aquela sinagoga não era, a rigor, um templo, era uma velha e precária construção de madeira onde os judeus se reuniam para rezar, cantar, dançar, brigar, um lugar não apenas informal, como sobretudo barulhento. Templo era aquela igreja. Ali ele estava em presença de uma entidade invisível e poderosa; o misticismo impregnava o ar, tornando-lhe difícil até respirar. Não era um lugar no qual pudesse se aventurar sozinho. Se ao menos Iossi estivesse com ele. Ou, Iossi ausente, se ao menos tivesse consigo o *Manifesto comunista* para servir-lhe de proteção, de defesa... Mas não, estava só, desamparado. Teve de lutar contra o irresistível impulso de sair correndo porta afora: na rua, ainda que a rua de uma cidade desconhecida, estaria entre seres humanos, não entre invisíveis e poderosas entidades espirituais.

    Não se deixaria, porém, vencer por arcaicos terrores. Os judeus temiam as igrejas, mas ele não estava ali como judeu, estava ali como ativista. Com grande esforço, e de cabeça erguida, foi avançando pela nave rumo ao altar principal. Precisava ver os cálices, precisava avaliar — não com o olhar de um revolucionário, mas com o olhar de um comerciante de jóias: há dialéticos momentos em que o olhar revolucionário precisa incorporar o olhar mercantil — se os tais cálices poderiam se constituir no alvo de sua missão revolucionária.

 Deteve-se diante do altar. O pior, o mais penoso: ali, num grande crucifixo, estava Cristo, o Cristo que seus ancestrais haviam ajudado a pregar naquela cruz. Não fora um ato de violência revolucionária; Cristo não era um gordo burguês pagando por uma vida de exploração. Não, o que Ratinho via ali era uma figura magra, descarnada, vertendo sangue por várias feridas — um sacrifício absurdo, sem sentido, um sacrifício que não apenas clamava aos céus, um sacrifício que era um libelo contra Benjamin Kantarovitch. O que deveria ele fazer naquele momento senão ajoelhar-se e pedir perdão, implorar por perdão?

 Não. Não se ajoelharia. "De pé, vítimas da fome." Não era uma vítima da fome, ele, apesar de estar com o estômago vazio, mas mesmo assim era uma vítima, ou pelo menos estava solidário com as vítimas, entre as quais se incluía o martirizado Jesus. Podia, portanto, encará-lo de frente, sem medo. Poderia inclusive tê-lo a seu lado: conta comigo, Ratinho, sou um revolucionário como tu, morri pela revolução, só que não fui compreendido, fizeram para mim templos gigantescos, mas não é nos templos que quero estar, é nas ruas, nos campos, nas fábricas; é com a massa que quero estar, quero dissolver-me na massa, quero ser apenas um entre muitos, como tu, camarada Ratinho.

Só que Cristo não diria isso. Não aquele Cristo, pelo menos, feito do marfim das presas de um elefante morto na África. Daquele Cristo só podia esperar desprezo, repulsa: "Fora daqui, judeuzinho de merda, fora daqui, comuna ordinário, este não é o teu lugar, o teu lugar é na aldeia, junto com os outros vermes; é lá que vocês devem ficar, tremendo, agarrados uns nos outros, esperando pelo pogrom que vai liquidar vocês, que vai me vingar". Não havia outro jeito: Ratinho teria de enfrentá-lo, a Cristo e à igreja. Não com os devotos se identificaria, não com os contritos, mas com os leopardos, que, irrompendo triunfantes no templo, acabavam por se impor, a invasão deles tornando-se parte do ritual.

Uma porta lateral se abriu e o padre — um homem muito velho, de longas barbas brancas e óculos de grossas lentes — entrou na igreja. Ao fazê-lo, rompeu de algum modo aquela atmosfera opressiva, asfixiante. Ratinho sentiu-se subitamente animado. Era um padre, sim, mas era um ser humano, com quem poderia falar, ainda que em claudicante alemão e não no seu familiar iídiche; mais que isso, poderia dar prosseguimento à sua missão, perguntando-lhe pelos cálices.

O padre foi até o altar e pôs-se a arrumar alguns objetos que ali estavam. Ratinho respirou fundo, aproximou-se:

— Padre...

O sacerdote voltou-se.

— Sim, meu filho? — O tom de voz era acolhedor, paternal; tão paternal que Ratinho se emocionou.

— Padre, repetiu numa voz trêmula, eu —

Interrompeu-se. Sentia-se tonto, prestes a cair. Vacilou, o padre teve de ampará-lo. E, de repente, começou a chorar. Soluçava alto, e seus soluços ressoavam no vasto recinto, atraindo a atenção dos poucos fiéis que ali se encontravam, orando.

O padre tomou-o pelo braço:

— Vem, meu filho, vem.

Levou-o até o confessionário, fez com que Ratinho se ajoelhasse. Em seguida, sentou no banco do confessor, abriu a portinhola:

— Pronto, filho. Sou todo ouvidos. Conta-me o que te atormenta. Fala de teus pecados. Confessa-te.

Recuperado, Ratinho deu-se conta do inusitado da situação; não sabia o que dizer. Seria bom se pudesse falar sobre seus erros ("Padre, fiz uma grande bobagem, deixei no trem um bornal com uma mensagem importante"), saindo dali aliviado, com a alma lavada. Mas não era um cristão, era um judeu esquerdista, um revolucionário; não um elefante inerme, mas um leopardo pronto para a luta, a luta que transformaria o mundo sem esperar um problemático Juízo Final. Respirou fundo e disse, com tanta firmeza quanto ainda lhe era possível ter:

— Sinto muito, padre. Eu não vim aqui para me confessar.

— Não? — O padre, surpreso. — E para que veio então?

— Simplesmente para visitar a igreja. Sou de fora, estou visitando Praga pela primeira vez — aliás, o senhor deve ter percebido por meu sotaque. Ouvi falar muito deste templo, não deixaria de conhecê-lo por nada neste mundo, acredite. — De repente sentia-se leve, solto, mentia com espantosa desenvoltura. — Aliás, quero cumprimentá-lo e dizer que sua igreja é muito bonita.

— É verdade. — O padre não estava entendendo muito aqueles elogios, mas não deixaria de ser cortês. — Uma das mais bonitas de Praga. E das mais antigas. Do século décimo...

— Os cálices — prosseguiu Ratinho, procurando manter o tom casual — devem ser maravilhosos...

— Cálices? — O padre, intrigado. — Que cálices?

— Os cálices que o senhor usa para a missa... O senhor não usa uns cálices para a missa?

O sacerdote agora estava impaciente:

— Escuta, meu filho: há gente esperando para se confessar. Eu gostaria muito de ficar conversando contigo sobre os cálices e tudo o mais, mas isso terá de ficar para outra hora. Peço-te, portanto, que te retires.

— Mas, padre —

— Por favor, meu filho.

— Padre, eu —

— Por favor. Por favor.

Insistir seria inútil. Ratinho agradeceu a atenção, pediu desculpas por algum transtorno que pudesse ter causado — e bateu em retirada.

Escurecia agora rapidamente. O frio era terrível — naquele ano a Europa passava por um de seus piores invernos — e o Ratinho estava mal agasalhado. Mesmo assim, ou justamente por causa disso, insistia em continuar caminhando. Era uma forma de se punir pelo erro que havia cometido. Andava pela Graben, a principal rua de Praga, no meio das pessoas, mirando com olhar torvo aqueles homens gordos e bem vestidos, aquelas mulheres envoltas em peles: a burguesia, cambada de parasitas, de sanguessugas. Mas a burguesia aparentemente sabia para onde ir: entrava nas lojas, nos bancos, nos cafés, enquanto ele tinha de continuar vagueando — atrás de quê, nem ele sabia ao certo.

Nesse andar sem destino atraiu sua atenção um prédio imponente, guarnecido de colunas e grandes portas de ferro: um banco. Na cabeça de Ratinho a palavra "banco" associava-se de imediato aos Rothschild, a famosa família de financistas judeus — tão famosa que o sobrenome se tornara sinônimo de riqueza. Ah, se eu fosse Rothschild, suspirava o pai de Ratinho quando a mãe se queixava da falta de dinheiro. Os Rothschild não eram como os usurários judeus da Idade Média, desprezados e perseguidos. Não, eles eram banqueiros, eram respeitados, tinham até títulos de nobreza.

Mais uma razão para Iossi odiá-los. Os judeus, garantia, nunca se libertarão das amarras do capitalismo enquanto tiverem a ilusão de que podem ficar tão ricos quanto os Rothschild. O marxismo era a forma de combater essa ilusão, de substituí-la por um verdadeiro projeto revolucionário.

A missão poderia ser um assalto a banco. Àquele banco, talvez. Por que não? Risco enorme, naturalmente, mas não queria Trotski que Iossi corresse riscos, para que assim pudesse demonstrar do que era capaz? Contudo, não havia nenhuma indicação na mensagem que apontasse para aquele banco, ou para qualquer outro. Bancos nada têm a ver com leopardos, ou com templos — são templos do dinheiro, mas isso em sentido figurado. Por desencargo de consciência, contudo, resolveu checar o estabelecimento, em busca de alguma conexão com a mensagem. Não precisaria entrar; do vestíbulo, separado do capital propriamente dito por uma porta de vidro, poderia olhar o interior. Galgou, pois, os degraus de mármore, chegou até o vestíbulo e espiou lá dentro. Era um grande recinto luxuosamente decorado, com poltronas, mesas e guichês onde os clientes eram atendidos. Mas teve pelo menos um consolo: graças à calefação, aquecia-se um pouco. De modo que ficou ali por uns instantes. Agora de costas para a porta, olhava a rua, as elegantes lojas da calçada fronteira.

E aí avistou, finalmente, o que procurava.

Os leopardos.

Eram dois. Talvez não fossem leopardos; talvez fossem tigres, ou panteras — para quem não está familiarizado com a taxionomia dos felinos a identificação pode ser difícil. Mas Ratinho não teve dúvidas: eram leopardos, sim, leopardos legítimos, e a sua busca tinha terminado.

Ali estavam eles, na vitrina de uma sofisticada joalheria: dois imponentes, ferozes leopardos empalhados, a luz de muitas lâmpadas a brilhar nas presas arreganhadas e nos fixos olhos de vidro. O decorador reproduzira as ruínas de um templo no meio da selva. Parcialmente ocultos por plantas tropicais, os leopardos por assim dizer montavam guarda a objetos rituais, como máscaras, estatuetas de deuses, tambores, maracas. No meio, três vasos de ouro adornados de pedras preciosas. Os leopardos, o templo, os vasos sacrificiais: estava tudo ali.

Ainda sob impacto da emoção da descoberta, Ratinho atravessou a rua correndo e, sem hesitar, adentrou o luxuoso estabelecimento.

O que provocou surpresa. Surpresa e mal-estar. Com as roupas velhas, amassadas e sujas, o cabelo em desalinho e, sobretudo, o olhar quase alucinado, Ratinho parecia um mendigo insolente, na melhor das hipóteses, e um maluco sem destino, na pior. Fez-se silêncio enquanto ele, boné na mão, parado no meio da joalheria, olhava para os lados, sem saber o que fazer.

— Deseja alguma coisa, senhor?

Voltou-se. Era um dos seguranças da joalheria, um homem grande, de bigode enorme, que o fitava com desconfiança. Perturbado, Ratinho começou a dizer que não queria nada, que estava só em busca de algumas informações — mas o homem o interrompeu:

— O senhor vai se retirar imediatamente.

E antes que Ratinho pudesse dizer alguma coisa, agarrou-o pelo braço e arrastou-o em direção à porta. Com um safanão, Ratinho livrou-se dele e o encarou:

— Eu quero fazer uma pergunta, só isso. Não vou incomodar ninguém, não vou perturbar ninguém. Mas não saio daqui sem fazer essa pergunta.

O impasse estava criado. E para piorar as coisas, a

discussão atraíra a atenção dos clientes e funcionários que, imóveis, esperavam para ver o que aconteceria. Sua autoridade desafiada, o segurança respirou fundo e preparou-se para agir — e agir com violência, sem dúvida.

— Pode deixar, Karel.

Era uma jovem, que saíra de detrás do balcão e viera até ali. Elegantemente vestida — como as demais funcionárias, aliás —, magrinha, miudinha, a moça não era propriamente bonita; a boca e o nariz eram um pouco grandes, os olhos um tanto estrábicos. Mas o sorriso que dirigiu a Ratinho aqueceu o coração do rapaz. Era a primeira pessoa que lhe sorria assim, desde que chegara. Era a primeira pessoa que não olhava para ele com estranheza, mas com simpatia.

— Você queria fazer uma pergunta — disse a moça.

— Pode fazê-la para mim.

Ratinho, ainda a mirá-la fascinado, caiu em si:

— Ah, sim. Os vasos de ouro que estão na vitrina... Que vasos são aqueles?

— Aqueles vasos não estão à venda. Fazem parte de uma pequena exposição, sabe? Às vezes usamos a vitrina para isso. Este mês o tema da exposição é o cerimonial religioso. Esses objetos que você vê — todos muito antigos, século doze, mais ou menos — estavam num antigo templo do norte da África. Fazem parte da coleção de um nobre russo, o conde Ivanov. Ele nos emprestou.

Então era aquilo. Mais uma peça se encaixava no quebra-cabeça, e era uma peça importantíssima — decisiva, mesmo. Os vasos pertenciam a um conde russo. Ao valor material dos objetos agregava-se o valor simbólico: roubá-los seria castigar a nobreza russa, seria mostrar que o longo braço da revolução podia atingir os opressores em qualquer lugar da Europa.

— Há mais alguma coisa que você queira saber? — perguntou a moça, dirigindo a Ratinho um olhar que a ele pareceu muito significativo. Um olhar quase cúmplice. Como se a moça, em realidade, tivesse esperado a sua chegada.

— Gostaria de saber o seu nome. — Ratinho, abismado com a própria audácia. Mas a ela a pergunta não causou surpresa — o que era, por si só, surpreendente.

— Berthe. Meu nome é Berthe — disse. — Você é o —
— Iossi.
— Muito prazer, Iossi. — Uma pausa e acrescentou, destacando bem as palavras: — Estou às suas ordens. Se precisar de ajuda, sabe onde me encontrar. Fico aqui o dia inteiro. Pode vir.

Riu:
— Não tenha medo dos leopardos. Nem dos seguranças.
— Muito obrigado — disse Ratinho com voz trêmula, emocionada.

A moça estendeu-lhe a mão, uma mão pequena, macia e quente, que ele apertou com ternura, com unção, quase. E, despedindo-se, saiu.

Voltou para o hotel, sentindo-se — pela primeira vez desde que chegara — animado, radiante mesmo. O homem da portaria estranhou:
— Você mudou, amigo. Parece outro, agora. O que aconteceu? Fez um bom negócio?

— É. — Sorriso triunfante. — Um bom negócio. Mais ou menos isso. Galgou os degraus da escada de dois em dois, entrou no quarto, trancou a porta. Caminhava de um lado para outro, excitadíssimo. Parecia-lhe óbvio: agora encontrara o alvo de sua missão. Apesar de todos os obstáculos, de todos os problemas, conseguira. Como os leopardos, tinha irrompido no templo e estava em condições de dominá-lo. Quanto a isso, não podia haver dúvida. Tudo, todas as palavras-chave apontavam para a joalheria: leopardos, templo, cálice, até cerimônia. Era-lhe fácil deduzir a mensagem que apareceria quando colocasse o papel com os recortes e as palavras sobre o texto de Kafka: *"Procure uma joalheria que fica no centro de Praga e que tem na vitrina dois leopardos ao lado de uma exposição de objetos de um templo incluindo três vasos sacrificiais usados no ritual"*. Uma joalheria: o símbolo maior do luxo capitalista. Uma joalheria importante, exibindo os vasos sacrificiais de um nobre russo. E, por último, mas não menos importante, uma joalheria situada em frente a um banco. Nada mais predador, ensinava Iossi, do que o capital financeiro, que, movendo-se com a agilidade de um felino, atacava a qualquer momento, em qualquer lugar. Banco em frente a joalheria: binômio perfeito, os clientes sacando o dinheiro para gastá-lo em jóias.

    Pelo nome da joalheria — *Perlsticker & Irmão* — Ratinho não teve dúvida de que os donos eram judeus. O que, de novo, representava uma mensagem subliminar de Trotski. Como Iossi, ele queria pôr em questão uma imagem tradicional, a imagem do judeu bem-sucedido.

Vocês precisam trocar de ideal, era o que Trotski estava dizendo. Vocês já não comprarão jóias, não apostarão na Bolsa de Valores; vocês comprarão idéias radicais, vocês apostarão na Bolsa da Revolução. Escolham: riqueza ou Marx. Os valores burgueses ou os valores revolucionários. Perfeito. Ratinho tinha de reconhecer: Trotski era mesmo gênio. Que voltaria triunfante à Rússia, que assumiria o poder, isso era líquido e certo. Sim, a joalheria era o alvo. E o objetivo era evidente: roubar os vasos de ouro. Tarefa dificílima — só de pensar nisso, Ratinho estremecia —, porém mais difícil seria assaltar o banco. Ou seqüestrar o dono da joalheria, o que se enquadrava na idéia de justiça revolucionária — como dissera o anarquista Ravachol ao atirar uma bomba num café de Paris: não há inocentes, todos têm uma parcela de culpa (todos são, acrescentaria Ratinho, leopardos invadindo templos) — mas envolveria imensas dificuldades. Onde esconder o homem? E como proceder, se o resgate não fosse pago? Quanto tempo duraria aquela história toda? Não, roubar os vasos sacrificiais era muito mais prático. De novo: a genialidade de Trotski.

Tendo interpretado corretamente a mensagem, Ratinho teria de partir para a segunda parte da missão. Faltava-lhe encontrar o contato, a pessoa que lhe confirmaria a hipótese levantada e forneceria os detalhes da operação. Roubar os vasos de ouro era tarefa para um grupo; desse grupo, ele naturalmente faria parte, mas esperava desempenhar na ação o papel menos importante possível. Talvez lhe coubesse apenas vigiar a rua, avisando da chegada da polícia... Qualquer outra coisa certamente estaria acima de suas forças.

Quando tiveres identificado esse alvo, alguém entrará em contato contigo, dissera Iossi. Alguém, quem? Kafka? Pouco provável. De seu escritório, Kafka não acompanhara seus movimentos; não sabia que já chegara à joalheria, que já a identificara como alvo. Mas quem acompanhara seus movimentos, então? Quem sabia que ele já havia decifrado a mensagem?

A moça. A moça da joalheria. Berthe.

A essa idéia, Ratinho chegou a estremecer. A moça da joalheria — claro! Tudo o que acontecera entre eles, o diálogo, os olhares, apontava nessa direção. Berthe aguardava-o, não havia nenhuma dúvida. Não por outra razão livrara-o do segurança: não por outra razão tratara-o de maneira afável, criando entre os dois um real, ainda que momentâneo, clima de quase cumplicidade. Agora: podia ela, empregada da joalheria, estar ligada ao movimento revolucionário?

Claro que podia. Marx não era de uma família de rabinos, casado com mulher rica? Engels, filho de um industrial, não administrara uma empresa do pai na Inglaterra? O próprio Trotski era um egresso da classe média judaica. Berthe trabalhava para os burgueses, vestia-se como burguesa — mas seu coração e sua mente estavam com o proletariado.

Tamanha era sua emoção, que achou prudente jogar água fria na própria fervura. Calma, Benjamin, calma. Será que não estás te precipitando, Benjamin? Será que não estás imaginando coisas?

Uma razão teria para imaginar coisas: simpatizara com a moça. Na verdade, mais que simpatia; seria... amor? Ratinho nunca tinha se enamorado, não sabia o que era isso, mas a verdade é que a simples evocação da jovem lhe acelerava o coração. Bem que gostaria de tê-la como companheira. Companheira em todos os sentidos, de idéias, de ações — e de vida. Mas, sobretudo, companheira naquele momento crucial: o momento de levar a cabo a missão. Seria Berthe essa pessoa?

Para tirar a limpo a dúvida, só havia uma maneira. Teria de falar-lhe de novo. Mas não na joalheria. Em algum lugar onde pudessem conversar sem serem incomodados, e onde ela pudesse lhe transmitir todos os detalhes da operação que estava por ser desencadeada. Pensou em telefonar; mas, em primeiro lugar, não sabia qual era o número da joalheria, e, depois, não queria enfrentar de novo o diabólico aparelho. O jeito era ir até o lugar e marcar um encontro. Mas chegaria a tempo? Ratinho, pobre como um — bem, como um rato — não tinha relógio. Desceu, portanto, à portaria e perguntou ao homem que horas eram. Cinco e meia, foi a enfadada resposta. Ratinho quis saber se o comércio ainda estaria funcionando.

— Que estranho — disse o homem. — Você mal tem dinheiro para pagar o hotel e comer, e quer ir às compras? Bem, cada um sabe de si. Se você for correndo, ainda pega as lojas abertas.

Ratinho saiu em desabalada carreira até o centro. Teve sorte: as portas da joalheria estavam fechadas, mas os funcionários ainda permaneciam no local. Ia tocar a campainha, mas conteve-se: melhor seria aguardar, da entrada do banco, que Berthe saísse. Depois de uma espera que lhe pareceu interminável, a moça finalmente apareceu. Não o viu; apressada, rumou para a parada do bonde. Ratinho foi atrás dela, alcançou-a, tomou-a pelo braço. A primeira reação foi de alarme; ela o repeliu com energia, o que é isso, vagabundo, me larga — mas aí se deu conta de quem era e respirou aliviada: ah, mas é você, o rapaz que queria saber da exposição — Iossi, não é? —, que susto você me deu, Iossi.

Ratinho se desculpou muito. Preciso muito falar com você, acrescentou. Perguntou se aceitaria tomar um café. Ela consultou o relógio. Não, não podia demorar-se mais.

— Cuido de minha mãe, que é velha e doente — explicou —, ela se assusta se não chego na hora.

Pensou um pouco.

— Por que não conversamos em minha casa? — acrescentou, com um sorriso.

Um sorriso que, a Ratinho, pareceu, de novo, uma expressão de cumplicidade — e fez crescer a esperança de que sua suposição fosse acertada.

Tomaram o bonde, desceram algumas paradas depois. Berthe morava num velho edifício de apartamentos — no último andar. Vários lances de escada, que Ratinho galgou como se estivesse pisando em nuvens, tão encantado estava. Entraram, ela pediu que o rapaz aguardasse enquanto ia atender a mãe: tinha de alimentá-la, lavá-la, deitá-la. Entrou num quarto, fechou a porta atrás de si.

Ratinho pôs-se a percorrer a sala de visitas, modestamente decorada com velhos móveis. Nada de mais nas prateleiras: bibelôs, antigas fotos de família. Alguns livros em alemão — mas eram apenas romances. O que não queria dizer nada. Não seria prudente colocar ali o *Manifesto comunista* ou as obras de Marx e Engels, isso só despertaria suspeitas em algum visitante abelhudo. Mas não gostou do que viu na parede oposta, acima da cristaleira: um velho crucifixo de marfim. Desagradável surpresa: literatura revolucionária, não — mas crucifixo sim? Por quê? Resíduo de um passado religioso não superado? Mas talvez não fosse nada disso, talvez se tratasse de um disfarce para enganar espiões da polícia.

Em dúvida, mirava ainda o objeto quando a porta se abriu e Berthe apareceu, sorridente: a mãe já estava dormindo, poderiam conversar. Notou a expressão de estranheza no rosto de Ratinho:

— Vejo que o crucifixo chamou sua atenção. É de minha mãe. Ela é católica e muito religiosa. Meu pai, ao contrário, era judeu, não praticante. — Sorriu: — O que posso lhe oferecer? Chá com biscoitos está bem?

Estava muito bem, para o esfomeado Ratinho. Berthe foi para a cozinha e voltou alguns minutos depois trazendo uma bandeja com bule, xícaras e um grande prato de biscoitos de chocolate.

— Sirva-se.

Ratinho teve de se conter para não avançar no prato. Procurou comer com bons modos, imitando a moça, que era, via-se, uma pessoa fina, educada — apesar de pobre.

Durante alguns minutos falaram sobre generalidades: o frio que fazia em Praga, os problemas com o transporte coletivo, coisas assim. Mas de repente ela o encarou e disse, com um sorriso que a Ratinho pareceu muito significativo:

— Você não é de Praga.

Ele confirmou: não, não era de Praga, era de Chernovitzky, na Bessarábia. Falou um pouco sobre a aldeia; não deixou de mencionar que ficava próxima de Odessa, lugar onde Trotski estudara. Esperava que isso funcionasse como uma espécie de senha, para que ela pudesse enfim dizer: muito bem, estou satisfeita, já vi que você é mesmo o camarada que esperávamos, agora vamos ao plano.

Mas não era sobre o plano que Berthe queria falar. Era sobre a Bessarábia, onde seu pai também havia nascido:

— Ele falava exatamente como você, com o mesmo sotaque. E tinha, como você, um ar desamparado...

Mirava-o com ternura, os olhos úmidos. E aí Ratinho teve certeza: estava, sim, apaixonado por ela. Se pudesse, era o que diria: amo você, Berthe, você é a companheira com quem sempre sonhei, a mulher da minha vida. Se pudesse...

Mas não podia. Não era o momento. E não era o momento porque havia uma missão a cumprir, e ela também sabia disso — ou, pelo menos, esperava que ela soubesse. De modo que respirou fundo e foi direto ao assunto:

— Escute, Berthe: você sabe por que eu vim a Praga, não sabe?

Para surpresa de Ratinho, ela o encarou, espantada:

— Eu? Por que haveria de saber? Mas vamos ver se adivinho o que você vai me dizer... — Riu. — Já sei: você vai dizer que veio a Praga movido por um impulso muito forte. Você veio a Praga para me encontrar...

Ele sorriu, contrafeito. Porque, embora estivesse muito feliz, o momento não era adequado para brincadeiras.

— Você sabe que eu tenho uma missão, não sabe, Berthe? Uma missão muito importante. Uma missão que terá grandes conseqüências.

O rosto dela se toldou. A surpresa dava lugar à estranheza:

— Do que você está falando, Iossi? Que história é essa de missão?

Agora era ele quem estava alarmado. Então, ela nada sabia da missão? Como era possível? Tentou de novo, dessa vez já vacilante:

— A missão, Berthe... Na joalheria...

— Pelo amor de Deus, Iossi, fale claro: o que vai acontecer na joalheria?

Ela não sabia. Ela não sabia da missão. Estava bem claro, por sua expressão de atemorizado espanto. E agora ele não sabia o que dizer, não sabia como se explicar.

— Afinal, quem é você? — Ela, quase gritando. — E o que pretende em relação à joalheria?

Uma coisa lhe ocorreu, uma coisa que a fez pôr-se de pé num salto, pálida, os olhos arregalados:

— Você é um ladrão, Iossi? Você quer roubar a joalheria? É isso, Iossi? É isso? Diga-me, Iossi, é isso? Por favor, Iossi — é isso?

Deixou-se cair de novo sobre o sofá.

— O seu silêncio diz tudo — murmurou, o olhar perdido. — Você é um ladrão. Você queria informações sobre a joalheria. Por isso se aproximou de mim. Por isso veio com essa conversa toda.

— Por favor — implorou Ratinho —, não faça esse juízo sobre mim, você está enganada, completamente enganada, não é nada disso que você está pensando. Mas ela já não queria saber de conversa. Pálida de raiva, apontava-lhe a porta:

— Fora! Fora daqui! E nunca mais me procure, ou chamo a polícia!

Cabeça baixa, Ratinho saiu. Começou a descer lentamente os degraus da escada. De repente, parou; uma revolta imensa o assaltou. Vontade tinha de galgar os degraus, botar a porta abaixo e gritar para Berthe, você não tem o direito de me expulsar, eu não sou ladrão coisa nenhuma, sou um revolucionário, tenho uma missão — expropriar a riqueza que teu banco roubou dos pobres, aplicá-la na causa da transformação social.

Mas esse impulso logo se esvaiu. Lembrava-se agora era do rosto dela, aquele rosto meigo que jamais esqueceria. Eu te amo, gemeu, soluçando, eu te amo, Berthe. Uma porta se abriu e alguém, uma velha, olhou-o desconfiada. Antes que ameaçasse chamar a polícia, Ratinho saiu do prédio.

Viu-se na rua deserta, sob a neve que caía. E agora? O que fazer? Sentia-se mais perdido do que nunca: da arrebatadora felicidade para a mais funda depressão,

81

aquilo era para liquidar qualquer um. Num momento um revolucionário, com uma clara missão, a um passo da glória; no momento seguinte um pobre-diabo confuso. Num momento estava junto daquela que podia ser a mulher de sua vida; no momento seguinte era repelido como um cão sarnento. O que fazer, perguntava-se, o que fazer. Pôs-se a caminhar sem destino. Era véspera de Natal e ele avistava, através das vidraças embaçadas, famílias reunidas em torno de mesas com ceias fartas — o que só fazia aumentar o seu desamparo.

Mas continuou a andar, até que se viu, de repente, no antigo gueto. Ali estava a velha sinagoga em cujo átrio fora sepultado o mítico Golem. Ali estava o antigo cemitério, os velhos túmulos cobertos por uma espessa camada de neve. Tudo aquilo parecia a Ratinho um símbolo de sua própria e desesperançada situação. Portas fechadas. Enigmas não decifrados. A morte a aguardá-lo, implacável. A quem poderia recorrer? A quem?

Kafka. Procuraria Kafka, contaria o sucedido, seria franco, honesto: não consigo identificar a minha missão, diga-me por favor do que se trata, fale-me sobre a tarefa que tenho de cumprir, e eu a cumprirei.

Não estava longe da rua dos Alquimistas. Foi até lá correndo, rezando para que Kafka estivesse na sua minúscula casinha.

Chegou esbaforido. A porta e as janelas estavam fechadas, mas uma tênue claridade filtrava-se através das frestas. Sim, o homem estava ali.

Bateu, a princípio timidamente.

Não houve resposta. Ratinho bateu de novo, desta vez com mais força. Um suspiro. Um fundo suspiro, foi o que ouviu do outro lado. O suspiro de quem se pergunta: mas o que querem eles comigo? Por que não me deixam em paz? Por que não posso ficar aqui escrevendo minhas histórias — sobre leopardos que invadem templos, sobre homens que se transformam em insetos — que podem ser absurdas mas são minhas histórias, as histórias pelas quais troco minha vida, o que também é absurdo, mas é o que eu quero fazer, o que posso fazer? Já não chega um pai tirano, um emprego burocrático, uma noiva com quem não me acerto — ainda tenho de agüentar intrusos?

O suspiro deixou Ratinho consternado. Que direito tinha de incomodar o pobre Franz Kafka com seus problemas? Mas em seguida reagiu: que diabo, ele é companheiro, ainda que um desconhecido companheiro, e companheiro é para isso, para ajudar — afinal, não se tratava de favor pessoal, tratava-se da causa, e a causa estava acima de qualquer frescura, inclusive e principalmente a privacidade do intelectual — intelectuais sendo sempre, e até prova em contrário, suspeitos aos olhos revolucionários (com as contadas exceções de Marx, Engels e Trotski).

A porta se abriu. Ratinho viu-se diante de um homem ainda jovem, alto (verdade que para ele, baixinho, todo mundo era alto, mas ali se tratava realmente de estatura acima da média); rosto anguloso, cabelos e olhos escuros, orelhas grandes. E magro. Muito magro. Foram as duas coisas que mais impressionaram Benjamin: a magreza e o olhar fixo, penetrante.

— O que deseja? — perguntou Kafka.

Tom cortês, mas traindo certa impaciência, mais que justificada: pela porta entreaberta Ratinho via uma mesa e uma máquina de escrever. Interrompera-o em meio a seu trabalho.

— É a respeito do texto...

— Texto? — Kafka franziu a testa. — Que texto?

— O texto que você me mandou...

— Ah. — Ele agora se lembrava. — Foi você quem me telefonou. — Deu-se conta de que Ratinho continuava na rua, sob a neve. — Mas entre, entre. Vamos conversar aqui dentro.

Benjamin entrou. Por dentro, a casa — se é que o lugar podia ser chamado de casa — era ainda menor do que parecia. Escasso mobiliário: a mesa, umas cadeiras, um catre, prateleiras atulhadas de livros.

— Não repare a desordem — disse Kafka. — Como você está vendo, este é um local de trabalho. Sente-se, por favor. Perdoe, mas não tenho nada para lhe oferecer... Não faço minhas refeições aqui. Desculpe, também, pelo frio. O aquecimento é precário.

— Não se preocupe — disse Ratinho —, nada disso para mim é importante. — Hesitou um momento e acrescentou: — O importante é a causa. A causa justifica todos os sacrifícios.

Pretendia que essa frase funcionasse como uma mensagem em código. Esperava que às suas palavras o rosto de Kafka se iluminasse e que ele bradasse, sim, camarada, a causa justifica tudo, inclusive o roubo de vasos de ouro, vamos lá então, vamos combinar os detalhes. Mas o dono da casa nada disse: os dois sentados frente a frente, Kafka continuava a olhar fixo o visitante, como esperando que ele dissesse a que vinha. Por instantes fez-se um silêncio embaraçoso, um silêncio que só fazia angustiar ainda mais o já muito angustiado Ratinho. Percebendo-o, Kafka — que, afinal, lidava com operários acidentados e portanto devia ter alguma familiaridade com situações difíceis — resolveu ajudá-lo. Com uma pergunta:

— Então, o que achou do texto?
— O texto? O texto é maravilhoso... *Leopardos no templo*... Maravilhoso... "Leopardos irrompem no templo"... Sem dúvida: maravilhoso...
— E serve?

Ratinho não entendeu bem a pergunta. Mas também não quis demonstrar sua perplexidade:

— Se serve? Claro que serve. O problema é...
— A obscuridade — completou Kafka, com um leve sorriso. — Não é isso? A obscuridade. É obscuro, o texto. Sei disso. Todos os meus textos são assim, obscuros. É por isso que tenho dificuldade para publicá-los.

Ratinho remexeu-se na cadeira.

— Bom... Lá isso é verdade. Mas entendo que deva ser assim mesmo... Que o texto deva parecer obscuro... Afinal, considerando a finalidade para a qual foi escrito...

Kafka agora parecia absorto em seus próprios pensamentos.

— Obscuridade — disse, por fim. — Uns acham que esse é o problema. Para mim é a solução.

— Para mim também — apressou-se a dizer Rati-

85

nho. — Acho que a clareza, nesses casos, seria catastrófica.
Agora foi a vez de Kafka se espantar:
— Catastrófica? Não é para tanto...
— É, sim — insistiu Ratinho. — Considerando a situação atual, clareza é um risco que não se pode correr.
— Vejo que você é um radical — Kafka, com um pálido sorriso.
— Radical? Sim, sou radical. Radical é exatamente o que sou — proclamou Ratinho com orgulho. Deu-se conta de que talvez estivesse exagerando, emendou: — Bem, é o que tento ser. Radical. Quero ir às raízes. Quero expor tudo o que pode ser exposto, quero destruir tudo o que tem de ser destruído.
— Destruir — murmurou Kafka. — É, talvez você tenha razão. Talvez criar seja também destruir.
Ratinho nem o ouviu, entusiasmado que estava:
— Nesse ponto, sigo as idéias de Trotski: revolução permanente. Revolução como forma de vida.
— Trotski? — Kafka franziu a testa de novo. — É Trotski que você vê como modelo? Leon Trotski?
Ratinho sentiu um frio na barriga. Até aquele momento, estava absolutamente seguro de que Kafka estava engajado no movimento trotskista. Mas a reação do escritor o surpreendeu. Estaria enganado? Ou teria acontecido algo, durante aqueles dias, que mudara tudo — por exemplo uma cisão no movimento comunista? Quem sabe, no meio tempo, Trotski criara outra facção — uma facção à qual Kafka não pertencia e à qual talvez votasse um ódio mortal? Em matéria de fontes de informação,

Ratinho não estava em muito boa situação. Nunca estivera, aliás. Como estar bem informado numa aldeia da Bessarábia onde as pessoas passavam semanas sem ler jornal — quando liam? Claro, quando tinha Iossi a seu lado isso não era problema: o amigo dispunha de insuspeitados canais de comunicação, transmitia aos companheiros tudo o que precisavam saber. E o mesmo, sem dúvida, acontecia com Kafka, que vivia numa situação mais favorável (cidade grande, jornais diários, telefone). Ratinho precisava, pois, tomar cuidado. O risco não era só de gafe: o risco era de desvio ideológico, coisa contra a qual Iossi o alertava constantemente. Optou por sair pela tangente:

— Eu diria que, em algumas situações, sim. Mas sempre dentro do enfoque dialético. Sempre considerando que a revolução pode ser permanente, mas a verdade não é permanente, não lhe parece? Aliás, *Leopardos no templo* me parece isso, uma mensagem dialética.

Kafka refletiu uns instantes.

— É. O texto pode ser visto assim.

Olhou disfarçadamente para o relógio. Pelo visto, estava impaciente — para encerrar logo o assunto e retomar o trabalho, claro. De modo que voltou à carga:

— Mas você ainda não respondeu à minha pergunta: serviu, o texto?

Chegou o momento da verdade, pensou Ratinho. O momento em que, quisesse ou não, teria de correr o risco. E estava disposto a isso. Ou melhor: resignado a isso. Depois do desastre com Berthe, nada mais lhe importava.

— O texto serviu, camarada — disse, amargo. — Eu é que não sirvo.

Kafka olhou-o, espantado:

— Você não serve? O que quer dizer isso?

— Quer dizer que não entendi o seu texto. Não captei a mensagem. Não tenho a menor idéia a respeito.

— Mas espere um pouco — Kafka, agora conciliador. — Acabamos de dizer que o texto é obscuro. Você não é obrigado a captar a mensagem. Isso depende de afinidades. Talvez essas afinidades não existam.

— Mas eu tenho de captar a mensagem! — Ratinho, desesperado. — Não entende? Eu vim aqui para isso, para entender, para cumprir a missão...

— Missão? — Kafka, intrigado. — Do que está você falando?

— Por favor, camarada — implorou o Ratinho. — Não aumente a minha humilhação, a minha vergonha. Prometi ao camarada Iossi, que estava muito doente, assumir a missão dele. Para isso vim a Praga, para isso você me passou o texto. O problema é que sou um desastrado, um incapaz. Tudo o que fiz até agora foi confundir as coisas, botar os pés pelas mãos. Para início de conversa, perdi o seu endereço, foi uma dificuldade encontrá-lo. Quando finalmente recebi sua mensagem, não consegui deduzir do que se tratava. Ou deduzi errado, não sei. Não sei mais nada. Achei que tinha identificado o alvo da missão, achei até que tinha encontrado a moça que seria o meu contato, mas ela não era meu contato coisa nenhuma, e agora já estou em dúvida sobre o lugar, estou em dúvida sobre tudo, preciso de ajuda, camarada, por favor, me ajude.

Kafka olhava-o sem dizer nada.

— Quem é você? — perguntou, por fim.

— Quem sou eu? Mas você não sabe?

Não. Kafka não sabia. Isso estava claro em sua expressão.

— Pensei que você trabalhasse para uma revista em iídiche aqui de Praga, uma revista para a qual prometi um texto. Mas não é isso, já vi.

De súbito, fez-se a luz: Ratinho percebeu o que tinha acontecido. Kafka fora enganado por seu sotaque, o sotaque de judeu russo. Confundira-o com alguém de uma revista em iídiche, uma das revistas com as quais ele, Kafka, admirador do judaísmo da Europa Oriental, colaborava. O pedido do texto não lhe soara, pois, estranho. Ao contrário, atendera-o com presteza. E com isso se consumara o equívoco.

E agora? O que fazer? Contar tudo?

Não, Ratinho não podia contar tudo. Afinal, não sabia até que ponto o Kafka era confiável. O jeito era inventar uma história, coisa na qual estava se tornando mestre.

Inventou uma história. Sim, trabalhava para uma revista em iídiche — mas na Rússia, não em Praga, cidade que naquele momento estava visitando.

— Meu amigo Iossi, que dirige a revista, pediu que aproveitasse a oportunidade e fizesse contato com um escritor... Um escritor cujo nome não lembro... E esse escritor daria um texto para a nossa revista. Pensei que o escritor fosse você. Daí o engano.

Extraiu do bolso o *Leopardos no templo*, estendeu-o a Kafka:

— Aqui está. Desculpe esse transtorno todo...

Kafka mirava-o, fixo. De repente, começou a tossir. Uma tossezinha seca, contida, mas persistente, alarmante. Ratinho estremeceu. Aquela tosse ele conhecia: aquilo, tinha certeza, era tuberculose — o espectro que, junto com a miséria e os pogroms, atemorizava as aldeias judaicas. Kafka não morava numa aldeia, mas tinha o tipo do tísico: aquela magreza, aquela palidez, as maçãs do rosto levemente coloridas de vermelho. Sem falar no frio da gélida casinha, que a um tuberculoso não ajudaria em nada. Uma imensa aflição apossou-se de Ratinho, a aflição que se apossaria de sua própria mãe se ele estivesse naquela situação: tu estás doente, Kafka, muito doente, essa tosse não é brincadeira, não é coisa de ficção, isso é tísica, isso aí vai te matar como já matou tanta gente, não penses que vais escapar porque és doutor-advogado, porque és escritor, essa doença não poupa ninguém, tens de te cuidar, precisas comer mais, olha só como estás magro, e precisas sair deste lugar amaldiçoado, esta caverna fria e úmida, não adianta nada ficar aqui escrevendo se tiveres de pagar com tua vida, sai daqui antes que seja tarde demais, ouve o que estou te dizendo, é para o teu bem que estou falando.

Nada disse, porém. Continuou a olhá-lo em silêncio. Finalmente, o acesso de tosse cessou. Kafka tirou um lenço do bolso, enxugou o suor da testa.

— Desculpe. De uns tempos para cá surgiu essa tosse. É uma coisa psicológica, você sabe. — Sorriu, melancólico: — Talvez eu devesse consultar o doutor Freud.

— Pegue o seu texto — insistiu Ratinho.

— Não. Fique com ele.

O olhar, o tom de voz impressionaram Ratinho. Era como se Kafka tivesse resolvido, naquele momento, torná-lo depositário de algo que ele não sabia bem o que era, mas que não queria aceitar.

— Mas eu não devo...

— Fique. — O tom agora era claramente impositivo, tão impositivo que Ratinho chegou a se assustar. — Fique com o texto.

— Você tem cópia?

— Não se preocupe com isso. Tenho, sim. Tenho cópia. Fique com o texto.

Levantou-se, abriu a porta:

— E agora, por favor, dê-me licença. Tenho de trabalhar. Meu tempo para a literatura é escasso... Espero que você compreenda.

— Compreendo — murmurou Benjamin, e saiu.

A porta se fechou atrás dele. Ainda pensou em voltar, em dizer a Kafka que o texto era — embora não o tivesse entendido — maravilhoso. Mas a porta fechada o dissuadiu.

Subitamente exausto, Ratinho decidiu voltar para o hotel. Queria estirar-se numa cama, em qualquer cama. Queria dormir, um sono bruto, sem sonhos, um sono que lhe permitisse esquecer aquele dia desastroso. Mas nem o repouso lhe seria concedido.

Quando chegou ao Terminus, avistou um carro da polícia estacionado em frente. Instantaneamente alarmado, não entrou; espiou pelo vidro da porta. Dois policiais estavam lá dentro. Pelo jeito, interrogavam o porteiro, que lhes mostrava o livro de hóspedes. Ratinho não teve dúvida: estavam atrás dele. Mas quem o teria denunciado? Talvez o próprio porteiro, aquele tipo sinistro, maligno; talvez (e seu coração apertou, ao pensar na possibilidade) Berthe houvesse feito isso. Precisava fugir, urgente. Não podia nem entrar no hotel; aliás, isso não era necessário. Tinha consigo o dinheiro, os documentos, a passagem de trem que — sensatamente, dava-se conta agora — não quisera deixar no quarto. Teria de abandonar a mala; paciência. Muito tempo levaria até que pudesse comprar roupas novas, mas aquele era um mal menor. Sem hesitar, correu para a estação ferroviária.

Teve sorte. Um trem partiria dali a uma hora para a Romênia. Tomou esse trem. Dormiu todo o trajeto; só acordou ao chegar ao destino. E aí não esqueceu de examinar os bolsos. Estava tudo lá: o dinheiro, os documentos. Ah, sim, e um texto de Franz Kafka chamado *Leopardos no templo*.

A não ser pelo grande movimento de tropas — a guerra chegava ao auge —, o resto da jornada transcorreu sem incidentes. O mesmo barqueiro transportou-o de volta à Rússia, dessa vez sem nenhum comentário. Anoitecia quando finalmente chegou em casa. Entrou, e foi aquela comoção: todos a abraçá-lo. Ele vai me matar, gritava a mãe, chorando e rindo, esse malvado ainda vai me matar.

Finalmente se acalmaram; sentaram-se em torno da mesa e Ratinho contou, com uma desenvoltura que a ele próprio surpreendeu, a história que tinha preparado, acerca de procurar emprego em outra cidade. Os pais e os irmãos acreditaram, ou fingiram acreditar — como na parábola do filho pródigo, a razão pela qual Ratinho havia fugido não era importante, o importante é que tinha voltado. Finalmente ele fez a pergunta atravessada em sua garganta: e o Iossi, como está?

Silêncio compungido.

— O Iossi morreu — disse o pai. — No mesmo dia em que viajaste. A febre subiu demais, ele teve uma convulsão e se foi.

Ratinho ouviu a notícia em silêncio, cabeça baixa. Na verdade, já esperava aquele desfecho. Como se Iossi, o generoso Iossi, o poupasse de ter de confessar o fracasso. Falhara na missão. Falhara por completo. Não descobrira nada, não fizera nada, conseguira até perder as próprias roupas. A única coisa que restara daquela viagem era o texto de Kafka, que tinha no bolso, e a culpa, que carregaria consigo por toda a vida.

Com a morte de Iossi o grupo de jovens revolucionários se desfez. Por insistência da mãe, Ratinho foi trabalhar com o pai. No começo detestou aquele ofício, que considerava medíocre. Aos poucos, contudo, começou a descobrir um certo prazer na tarefa de cortar, costurar, pregar botões. Era, pelo menos, uma coisa lógica, previsível, sem sobressaltos, sem temores. Ah, se pudesse confeccionar a sua própria vida como confeccionava um colete, por exemplo. Mas a vida era mais complicada do que um colete, e a política mais complicada do que a vida. Por uns tempos, Ratinho resolveu deixar de lado a revolução e dedicar-se aos coletes.

Mas a revolução estava em marcha. A guerra agravara extraordinariamente os problemas da Rússia, onde a fome agora grassava, agravada pelo rude inverno. Em março de 1917 o czar Nicolau abdicou. Assumiu um governo provisório chefiado por Aleksandr Kerenski, que durou pouco tempo. Em abril, Lenin chegava dramaticamente do exílio. Em outubro os bolcheviques tomavam o poder.

Em Chernovitzky todas essas notícias eram recebidas com muito atraso — e com perplexidade, quando não com susto. O czar representava a opressão, mas era uma opressão conhecida. O que aconteceria agora, que o caos parecia ter tomado conta da Rússia?

Muitos, contudo, estavam esperançosos, e ninguém mais do que Ratinho — que voltara a ler, com muita fé, o *Manifesto comunista*. Ao fazê-lo, lembrava o pobre Iossi, cujo sonho estava se realizando: como dissera Lenin no Palácio de Inverno, uma nova sociedade seria construída sobre as ruínas do antigo regime. Trotski, que voltara do exílio, tinha um cargo importante no governo bolchevique: era Comissário do Povo para assuntos exteriores. Quando Ratinho soube que seu ídolo estava em visita a Odessa, foi até lá — numa carroça emprestada — para vê-lo. Quando chegou, porém, Trotski já havia partido.

O novo governo fez um acordo com a Alemanha, encerrando as hostilidades — mas nesse meio tempo a guerra civil havia começado, opondo os vermelhos bolcheviques aos brancos: um conflito sangrento, no qual cidades e vilas eram inteiramente destruídas. Chernovitzky foi relativamente poupada, mas o pai de Ratinho, apavorado, decidiu: levaria a família para o Brasil, onde tinham parentes. Ratinho não quis ir. Meu lugar é aqui, dizia, eu quero participar da revolução, da construção de uma nova sociedade. Devia aquilo a Iossi; não falharia, de novo, no cumprimento de sua missão. A mãe teve uma crise de nervos e ameaçou se matar, se o filho não fosse junto. Ratinho teve de ceder. Uma noite, deixaram a aldeia levando uns poucos pertences. Atravessaram o rio (conduzidos pelo mesmo barqueiro, que agora se abstinha de comentários) e, na Romênia, tomaram um trem que os levou até Hamburgo, na Alemanha. De lá, seguiram num velho cargueiro até o Brasil.

Os Kantarovitch foram morar em Porto Alegre. Meu avô, Isaac Kantarovitch, abriu uma pequena confecção. Convidou o irmão a trabalhar com ele, mas Benjamin recusou: não admitia viver da mais-valia, da exploração de operários. Descobriu um alfaiate trotskista, Leopoldo Ribeiro, que gostou de seu trabalho e o recebeu como empregado e depois como sócio. Durante anos os dois acompanharam a trajetória de Leon Trotski, lendo e discutindo seus livros e artigos. Para Ratinho, aquilo era suficiente; o mundo da política era para ele o mundo das idéias, da palavra escrita. Leopoldo, porém, queria mais. Queria ação, ação revolucionária. Queria greves, queria barricadas, queria luta armada, queria invadir palácios de governo. Quando estourou a Guerra Civil espanhola viu enfim chegar a sua oportunidade. Do mundo inteiro, milhares de esquerdistas — entre eles um grupo de gaúchos — iam se alistar nas Brigadas Internacionais, que defendiam o governo republicano. Leopoldo decidiu partir também. À mulher e à filha, que entraram em pânico com a idéia, dizia que era seu dever, que a vida não teria sentido se não desse sua colaboração à causa revolucionária. Chegou a comprar a passagem, mas dois dias antes da viagem teve de ser internado por causa de uma apendicite complicada com peritonite. Ficou mais de dois meses no hospital, e quando saiu estava fraco demais para viajar. Além disso, logo ficou claro que os republicanos não tinham mais chance, de modo que ele se contentava em recolher donativos para as Brigadas, distribuindo um manifesto que escrevera a respeito do conflito e que levava por título o lema da República: *No pasarán*.

Um outro projeto resultou igualmente frustrado. Rompido com Stalin, Trotski exilou-se no México. A notícia deixou Leopoldo indignado — vergonhoso, Trotski ter de abandonar o país pelo qual dera o melhor de sua vida — mas, ao mesmo tempo, deu-lhe uma idéia: visitar o líder em sua casa no bairro de Coyoacán. Convidou o amigo a ir junto. Ratinho chegou a pensar em fazê-lo — mas a verdade é que tinha um medo terrível de viajar de avião, meio pelo qual Leopoldo pretendia chegar ao distante país. Desistiu da viagem, mas disse ao companheiro que tinha um favor a pedir.

— Que favor? — perguntou Leopoldo.

— Quero que perguntes a Trotski uma coisa. — Hesitou. — Mas antes tenho uma história para te contar.

E falou de sua viagem a Praga, da missão que nunca cumprira. Quando terminou, Leopoldo pôs-se a rir. Ria tanto que as lágrimas lhe saltavam dos olhos — Ratinho mirando-o, surpreso e ofendido.

— Perdoa, Benjamin — disse Leopoldo, ainda ofegante —, mas é muito gozada essa tua história. A confusão que tu fizeste —

E começou a rir de novo, Benjamin a essa altura já furioso. Leopoldo pediu desculpas de novo e perguntou que pergunta deveria fazer a Leon Trotski.

— Pergunta-lhe — disse Ratinho — qual era, afinal, a missão que ele ia confiar ao Iossi.

Subitamente sério, Leopoldo olhou-o:

— Eu faço essa pergunta, Ratinho. Não me custa. Mas devo te ponderar uma coisa. E se Trotski disser que não lembra quem era o Iossi? E se ele já tiver esquecido tudo? Esse homem passou por muita coisa na vida, tu sabes. Aquilo que a ti parece importante, para ele pode ter sido apenas uma conversa com um rapaz que o procurou em Paris — como tantos outros rapazes que ele decerto já nem recorda.

Ratinho ficou em silêncio um bom tempo, cabeça baixa. Finalmente, ergueu os olhos:

— Tens razão — murmurou. — Não perguntes nada.

A viagem ao México não se realizou. Com seus antecedentes políticos — era o tempo da ditadura de Getúlio Vargas —, Leopoldo teve muita dificuldade para conseguir o passaporte. Quando finalmente obteve o documento, era tarde demais: Trotski havia sido assassinado em sua casa.

Leopoldo e Ratinho não eram, claro, os únicos adeptos do trotskismo em Porto Alegre. Mas os outros trotskistas não gostavam deles; achavam Leopoldo arrogante e Ratinho lamentável. Os dois ficaram isolados. O que, para eles, não importava: a vanguarda é necessariamente reduzida, dizia Leopoldo, com orgulho. Prosseguiriam sozinhos na jornada, lendo e discutindo as obras de Trotski.

— Na *História da Revolução Russa* — dizia Leopoldo, cortando um paletó — Trostki fala no grande enigma da revolução. Que enigma é esse?

Sentado à máquina de costura, Ratinho respondia sem hesitar:

— O fato de que o proletariado assumiu o poder num país subdesenvolvido. E onde procurar a solução desse enigma?

— Nas peculiaridades desse país subdesenvolvido — retrucava Leopoldo com um sorriso superior.

Essa amável competição, contudo, logo deu lugar a discussões acaloradas. Os dois divergiam em muitas coisas — na verdade, era como se representassem facções diferentes. Depois de um confronto particularmente exacerbado em torno da idéia de ditadura do proletariado, até deixaram de se falar. Reconciliaram-se pouco antes da morte de Leopoldo, em 1944; chegaram ainda a realizar um ou dois debates sobre temas amenos (o médico de Leopoldo não queria que ele se exaltasse). Depois que o amigo faleceu, Ratinho não teve mais nenhum companheiro de idéias. Nem de trabalho. Continuou sozinho na alfaiataria. Nesse meio tempo, Isaac expandiu o negócio, casou, teve filhos e depois netos. Ratinho não esquecia Berthe, que foi o único e grande amor de sua vida. Durante anos tentou, inutilmente, entrar em contato com ela. Conseguiu obter o endereço da joalheria e mandou para lá uma carta — que foi devolvida, com a informação de que o estabelecimento encerrara suas atividades. Pensou em procurá-la na Europa; o irmão até lhe ofereceu dinheiro para isso, mas o orgulhoso Ratinho recusou. Quando finalmente juntou a quantia necessária, a Segunda Guerra já estava em curso e ele não pôde mais viajar. Em 1946, com a ajuda de uma organização de refugiados, finalmente descobriu o que tinha acontecido com Berthe: internada no campo de concentração de Treblinka, morrera pouco antes da libertação.

A única lembrança que Benjamin guardava de sua aventura em Praga era o texto de Kafka. Que se tornou para ele uma coisa quase sacrossanta; releu-o tantas vezes que podia recitá-lo de memória. E leu várias outras obras do escritor, no original; para tanto, chegou a tomar aulas de alemão.

A verdade, porém, é que não entendia aquela enigmática ficção. Homem transformando-se em inseto, o que era aquilo? E aquele sujeito do *Processo*, detido por uma transgressão que nem era de seu conhecimento? E a *Colônia penal*, onde havia um aparelho que tatuava coisas na pele dos prisioneiros? Aquilo era progressista ou era reacionário? Incapaz de fazer um julgamento, Ratinho partilhava da desconfiança dos comunistas acerca da obra kafkiana.

Agora: não se tratava só de literatura, tratava-se de uma dramática recordação, acerca da qual guardava ciosa reserva. Um jornalista de Porto Alegre descobriu, de alguma forma, que o alfaiate Benjamin Kantarovitch conhecera o grande escritor Franz Kafka. Tentou, por todos os meios, conseguir uma entrevista. Inútil. Ratinho dizia que aquilo era uma coisa pessoal, da qual não falaria a ninguém. O jornalista insistiu; tinha inclusive um excelente gancho para a matéria — naquela semana, num leilão em Londres, uma carta assinada por Kafka fora vendida por oito mil e quinhentos dólares, quantia apreciável, que dava idéia da importância do escritor. Em São Paulo, um colecionador disse que pagaria preço semelhante, ou mais, por qualquer coisa assinada por Kafka.

— É verdade, eu tenho um texto do Kafka — disse Ratinho. — Mas não me pergunte nada a respeito disso.

O jornalista não se conformava: era uma grande notícia, aquela, tinha de ser divulgada. Chegou até a oferecer dinheiro em troca da reportagem. Ratinho passou a mão na tesoura e botou-o para correr da alfaiataria.

A uma pessoa, contudo, Ratinho contou sobre Kafka: a Jaime Kantarovitch.

A afeição de Benjamin pelo sobrinho-neto vinha desde a infância de Jaime. Sobrinhos não lhe faltavam, nem sobrinhos-netos, mas o alfaiate não era muito ligado à família. Nem ela lhe dava muita importância: um esquisitão, diziam todos. Opinião de que Jaime não partilhava, talvez porque se identificasse, ao menos em parte, com o Ratinho. Filho de pais separados, sempre muito doente (por causa de uma seqüela de paralisia infantil, andava com dificuldade), era um rapaz frágil, indefeso mesmo. Mas tinha uma inteligência extraordinária e gostava muito de ler. Quando descobriu que o tio-avô tinha uma pequena mas selecionada biblioteca, pediu licença para freqüentar sua casa. Fosse o pedido feito por outra pessoa qualquer, Benjamin teria negado, mas ao pequeno Jaime (que nessa ocasião teria uns dez anos) não recusava nada. Tinha inclusive um prazer todo especial em falar sobre os livros, em recomendar este ou aquele autor.

Não só a paixão pela leitura os unia. Mal chegado à adolescência, Jaime começou a militar na política estudantil; logo se tornou um líder respeitado entre seus colegas, o que, para Benjamin, era motivo de orgulho. Mas o orgulho não durou muito. Jaime se considerava stalinista e, como tal, julgava Trotski um traidor, merecedor da morte que tivera. Os dois travavam discussões acaloradas; muitas vezes Benjamin, indignado, expulsava o rapaz de casa. Ele ia, ofendido, prometendo não voltar. Mas voltava sempre. A afeição que sentia pelo velho estava acima dessas brigas.

Diferentemente de seus companheiros, Jaime adorava Kafka. Fluente em alemão (e em inglês, e em francês), leu vários livros do escritor, a começar pela *Meta-*

morfose. Foi — palavras dele — um impacto devastador, uma experiência transcendente; que o deixava, contudo, perturbado. Sabia que Kafka não era bem-visto pelos comunistas, adeptos de uma literatura engajada, capaz de servir como propaganda da revolução. O que não era o caso da obra kafkiana.

Nada disso perturbava a sua relação com o tio-avô. Ao contrário, os dois se sentiam cada vez mais próximos. Jaime não se dava bem com o resto da família — uns quadrados, uns burguesões — e pouco convivia com o pai, que morava no interior, ou com a mãe, pessoa nervosa, ressentida. Mas era raro o dia em que não visitava o Ratinho. Muitas vezes levava consigo a namorada, Beatriz Gonçalves. Um pouco mais velha do que o Jaime, Beatriz, filha de um artista plástico, era uma moça bonita e sensível que, como o namorado, gostava de ler e adorava Kafka. Os três conversavam por horas a fio — até que Benjamin abria a porta e os mandava embora.

Quando estourou o golpe, em 1964, Jaime tinha dezoito anos e cursava o primeiro ano da faculdade de letras da Universidade do Rio Grande do Sul. Desde o início participou das manifestações de protesto contra o governo militar, e seu nome foi logo incluído no fichário de subversivos organizado pelo Departamento de Ordem Política e Social, o Dops. Isso não atemorizou o jovem. Pelo contrário, aumentou-lhe a motivação. Assinava todos os manifestos, estava em todas as passeatas. Um colega de faculdade com ligações no Dops descobriu que Jaime estava em várias listas de suspeitos e que só não fora preso por acaso, o que alarmou o pessoal de seu grupo. Uma reunião de emergência foi convocada; decidiu-se que Jaime deveria desaparecer por uns tempos, mudar-se para uma cidade grande — como São Paulo, onde não era conhecido. O rapaz não gostou nada da idéia, mas não podia ir contra o coletivo.

Com duas pessoas, comentou o acontecido. Uma, a namorada; Beatriz disse que não o abandonaria, que iria viver com ele em São Paulo.

A outra pessoa foi o Ratinho. E para Ratinho, já idoso, aquilo era um golpe difícil de suportar. Jaime era o filho que nunca tivera, a única pessoa por quem sentia verdadeira afeição.

Mas dominou-se, ao ouvir a notícia. Sabia que o rapaz corria perigo em Porto Alegre e que a mudança para São Paulo poderia inclusive salvá-lo da prisão. Só que outros problemas surgiriam. Onde iria morar? De que viveria? Para isso, Jaime não tinha resposta. Não queria pedir dinheiro ao pai nem a nenhum parente.

— Vou ver se arranjo um emprego — disse, sem muita convicção.

— E a faculdade? E os estudos?

Deu de ombros:

— Faculdade, estudos, essas coisas todas ficam adiadas até eu conseguir alguma grana.

Estavam sentados na sala do pequeno apartamento de Benjamin. Por alguns minutos ficaram em silêncio, o velho alfaiate com o olhar perdido. De repente, Ratinho levantou-se:

— Tenho uma coisa para ti. Uma coisa que vai te ajudar.

Afastou um quadro na parede, revelando um pequeno cofre cuja porta abriu.

Não havia nada ali, a não ser um envelope pardo que ele passou a Jaime:

— Acho que isto resolve o teu problema.

Jaime abriu o envelope e tirou de lá uma folha de papel já amarelada pelo tempo. Leu o que estava escrito e depois, assombrado, fitou Benjamin:

— Mas isto é de Kafka!

— É de Kafka — confirmou o Ratinho, com um sorriso. — É um original de Kafka. A assinatura que aí está é a dele.

Contou, então, toda a história — uma história que Jaime ouviu incrédulo e absolutamente encantado: nunca imaginara o tio vivendo aventuras assim. E aí, tornou a olhar o papel:

— Mas então isto é uma preciosidade — murmurou.

— Vale pelo menos oito mil e quinhentos dólares.

— Espera um pouco, Ratinho. — Jaime, surpreso, alarmado mesmo. — Tu não estás pensando em vender este original, estás?

— Não — disse o Ratinho. — Não sou eu quem vai vendê-lo, mesmo porque aqui em Porto Alegre seria difícil conseguir um bom comprador. Tu farás isso em São Paulo. Sei de um colecionador que pagará muito bem pelo manuscrito. E com o dinheiro, teu problema estará resolvido, ao menos por uns dois anos.

Jaime ficou um instante em silêncio, fitando o papel. Finalmente, encarou Ratinho:

— Não, Benjamin — disse, com a voz embargada. —

Não posso aceitar. Não é só por causa do valor. É porque uma parte da tua vida está neste papel.
— Bobagem — replicou o Ratinho. — Pura bobagem. O que está escrito aí eu sei de cor e salteado. Queres ver?

Concentrou-se um pouco e em seguida recitou, num alemão claudicante:

— *Leoparden brechen in den Tempel ein und saufen die Opferkrüge leer; das wiederholt sich immer wieder; schliesslich kann man es vorausberechnen, und es wird ein Teil der Zeremonie.*

Olhou triunfante o rapaz:

— Viste? É por isso que não preciso desse papel. Ficarei feliz se puder te ajudar com ele. E acho que Kafka também gostaria disso.

Jaime não se conformava:

— Mas o texto representa tanto para ti...

— Tu representas muito mais — disse Benjamin, mansamente.

Num impulso, Jaime o abraçou. Por uns momentos ficaram ali, abraçados, o corpo do rapaz sacudido pelos soluços. Por fim, Jaime mirou o velho:

— Que posso te dizer — perguntou —, senão muito obrigado?

— Não é a mim que tens de agradecer. É ao Kafka. Ele destruía quase todos os seus escritos. É por isso que esse texto é raridade — e vale o que vale.

Jaime o abraçou mais uma vez e saiu.

Eram oito da noite. De um telefone público ele ligou para os companheiros, marcando um encontro no apartamento de Beatriz, para onde seguiu de imediato.

Lá ficaram até as onze e meia. Quando estavam deixando o prédio, três homens, identificando-se como agentes do Dops, deram-lhes voz de prisão. Na confusão que se seguiu, o grupo todo conseguiu fugir — à exceção de Jaime. Sabendo que não conseguiria correr, por causa da perna, ele se atracou com os policiais — o que facilitou a fuga dos companheiros.

À uma da manhã, Ratinho foi despertado por batidas nervosas à porta.
— Quem é? — perguntou, alarmado.
— Sou eu, Ratinho — disse uma angustiada voz.
— Eu quem?
— A Beatriz, companheira do Jaime. Abre, por favor.

Com dificuldade — à noite, o reumatismo piorava —, o velho levantou, vestiu um rasgado roupão e foi abrir. Beatriz estava em prantos:
— Ai, Ratinho, que desgraça, que desgraça...
E contou o que acontecera. Quando terminou, fez-se um silêncio, angustiado silêncio.
— Pode deixar comigo — disse o alfaiate, por fim. — Vou resolver a situação.
— Tu, Ratinho? — Entre lágrimas, ela não pôde deixar de sorrir. — De que jeito? Como é que vais enfrentar esses caras?
— Para começar, vou até a alfaiataria.
— Até a alfaiataria? — Beatriz, estupefata. — O que é que vais fazer na alfaiataria?
— É uma parte do meu plano — disse o Ratinho. — Sei que não estás entendendo. Mas não te preocupes: vai dar certo.

— Mas Ratinho, o Jaime —
— Eu sei, filha, eu sei. Mas deixa comigo. Agora, vai para casa. Descansa. Amanhã vais receber boas notícias.

Ratinho caminhou rapidamente pelas ruas desertas até chegar ao velho prédio no centro de Porto Alegre onde tinha a alfaiataria. O vigia o viu chegar, estranhou:
— Tu aqui a esta hora, Ratinho? O que houve?
— Encomenda urgente — disse o alfaiate.
— Encomenda, às quatro da manhã? — O homem, curioso. — Só pode ser enterro. Ou casamento.
— É casamento — replicou Ratinho.
— Menos mal — comentou o vigia, e voltou para o seu rádio de pilha.

Ratinho tomou o antiqüíssimo elevador, desceu no terceiro andar. Abriu a porta da alfaiataria (cujo letreiro ainda dizia "Leopoldo e Benjamin, Alfaiates"), entrou, acendeu a luz. Dirigiu-se a um armário encostado num canto da pequena peça, sacou do bolso uma chave e o abriu. E suspirou: sim, ali estava aquilo de que precisava. Tratava-se de um belo corte de legítima casemira inglesa em padrão sal-e-pimenta, um pano muito elegante. Ratinho comprara-o de um contrabandista pouco tempo depois de chegar a Porto Alegre. Pensara num terno para si próprio — o terno de seu casamento, talvez: se o destino lhe permitisse reencontrar Berthe, e se ela o aceitasse... O destino não permitira, nenhuma outra mulher aparecera, e o corte de casemira inglesa ficara guardado, devidamente protegido das traças.

Com um suspiro contido, Ratinho abriu o corte sobre a mesa. Depois, testa franzida, folheou um velho caderno. Achou a informação de que necessitava e começou de imediato a trabalhar. Nas três horas seguintes, e num ritmo febril, cortou, costurou, pregou botões. A cada instante olhava o velho relógio de pêndulo na parede; obviamente estava trabalhando contra o tempo. E aí, um instante de aprêmio: faltou eletricidade. Mas Ratinho não podia parar. À luz de uma vela, continuou sua tarefa — até terminá-la. E quando examinou o trabalho concluído não conseguiu conter uma abafada exclamação de triunfo. Sim, aquele era, sem dúvida, o melhor terno que já fizera, o terno que representava sua consagração como alfaiate.

Colocou-o numa sacola e saiu. O centro da cidade continuava sem energia elétrica, de modo que teve de descer a pé. Chegou ao térreo ofegante — e tão pálido que o vigia se assustou: estás passando mal, Ratinho? Queres um médico?

Não, ele não queria um médico. Saiu do prédio e embarcou num táxi que estava ali parado.

— Para onde? — perguntou o motorista.

— Para o Dops. Sabes onde é o Dops?

— O senhor vai denunciar alguém? — brincou o homem. — Ou vai se entregar?

— Não diz bobagens. Vai de uma vez.

O motorista deu a partida e tomou a direção solicitada. Dez minutos depois, chegavam ao Dops.

Ratinho dirigiu-se ao homem que estava na recepção e perguntou pelo delegado Francisco.

— Como é o seu nome? — indagou o homem.
— Benjamin. Eu sou o alfaiate dele...
— Alfaiate? — O homem franziu a testa. — Não sei se o delegado vai lhe atender. Recém chegou, e está com a agenda cheia.
— Mas é que eu tenho uma encomenda para ele — insistiu o Ratinho.

O homem pegou o interfone e trocou algumas palavras em voz baixa com o delegado. Pousou o fone no gancho:

— Pode subir. É no primeiro andar.

O delegado, um homem alto, forte, bigodudo, estava à espera dele, sozinho em sua sala.

— Eu nem podia te atender, Ratinho, tenho muita coisa a fazer. Mas aí fiquei curioso com a tal encomenda. Que história é essa?

Em resposta, Ratinho abriu a sacola e tirou dali o terno.

— Para mim? — O delegado, espantado.
— É. Um presente de seu alfaiate.

O homem contemplava o terno, maravilhado: mas que coisa bonita, Ratinho, esta é a melhor roupa que já me fizeste, e olha que a gente se conhece há um bocado de tempo.

Experimentou o paletó, que lhe assentava à perfeição. A manga esquerda era uns milímetros menor do que a manga direita — Ratinho mantinha seus princípios, ainda que simbolicamente — mas isso o policial não notou: perfeito, repetia, está absolutamente perfeito. E aí, súbita desconfiança:

— Mas a troco de quê estás me dando este terno?

Ratinho começou a mastigar umas explicações, o senhor é um cliente antigo e muito bom, e como o Natal está aí, eu resolvi —

O delegado o interrompeu:

— Escuta, Ratinho, a mim tu não enganas. Alguma coisa queres de mim. Portanto, não me faz perder tempo e diz logo. O que é?

Chegara o momento. Engolindo em seco, Ratinho começou:

— Esta noite seus agentes prenderam um rapaz...

— É verdade. O relatório está aqui na minha mesa. Eu ia examiná-lo agora.

Pegou o papel, leu, maxilares cerrados. O olhar que dirigiu a Ratinho nada tinha de amistoso: era frio, penetrante.

— Jaime Kantarovitch é teu parente?

— É.

— E tu queres que eu o solte. — Atirou o papel sobre a mesa. — Não dá, Ratinho. Isso é uma coisa que eu não posso fazer. Não posso liberar esse rapaz.

Quase chorando, Ratinho insistiu: tratava-se de um rapaz sofrido, filho de pais separados, portador de um defeito físico — era de estranhar que se mostrasse revoltado? Mas ele não representava ameaça nenhuma, não estava em nenhum movimento subversivo, era apenas um estudante que falava demais. Além disso, estava se mudando para São Paulo. O delegado pegou o relatório de novo:

— Mas o caso está sob investigação, Ratinho. Acontece que pode haver uma conexão internacional. Os agentes acharam um documento com ele, um documento escrito em alemão e assinado por um tal de Kafka. Este documento aqui.

Mostrou a Ratinho o texto de Kafka.

— Tu sabes quem é esse cara?

— Sei — disse Ratinho. — É um escritor. Já morreu, mas eu o conheci quando morava na Europa. Ele mesmo me deu esse texto.

— Um escritor? — O delegado, ainda desconfiado.

— Nunca ouvi falar nesse escritor.

Uma idéia lhe ocorreu:

— Espera um pouco. Nós temos um investigador que é metido a literato. Vamos ver se ele sabe alguma coisa.

Pegou o telefone, discou um número:

— Alô, Felisberto? Aqui é o delegado Francisco. Preciso de uma informação. Uma informação literária. Me diz uma coisa: tu já ouviste falar de um tal de Kafka? Já? É escritor mesmo? Escritor complicado? Em que língua ele escrevia? Em alemão? Ah, bom.

Desligou.

— Tu estás certo, Ratinho. O Kafka era mesmo um escritor. Escuta: tu entendes alemão, não entendes? Então me traduz o que está escrito aqui.

Ratinho fez o que ele pedia. O delegado ouviu, testa franzida de espanto:

— Mas que porra é essa, homem? Confesso que não entendi nada. Leopardos no templo? Que leopardos? Que templo?

Súbita suspeita:

111

— Isso aí não é codinome, Ratinho? Leopardos no templo... Parece codinome de algum grupo.

— Não é codinome — afirmou Ratinho. — É o jeito que o cara escreve, só isso.

— Tens certeza? — O delegado, não de todo convencido.

— Palavra de honra.

Que Ratinho não era de mentir, o policial sabia.

— Bem, vou acreditar em ti. Espero que não estejas me engabelando.

Ficou um instante em silêncio. Hesitou, e finalmente foi ao ponto que o intrigava:

— Me diz uma coisa, Ratinho. A gente se conhece há muito tempo, eu sei que tu lês muito. Tu gostas desse tipo de escrito?

— Não — disse o Ratinho. — Acho uma merda.

— Não é? — O delegado, triunfante. — Não é mesmo uma merda, um troço incompreensível? Leopardos no templo... Quem é que quer saber de leopardos no templo? Isso aí não tem pé nem cabeça. Para mim, não passa de uma bobagem, de uma coisa maluca. Queres saber de uma coisa, Ratinho? Que se fodam, esses leopardos no templo.

E, tendo desabafado, sorriu, complacente:

— Tu estás com sorte, Ratinho. Me pegaste num dia bom. Vou soltar o teu parente. Mas ele que não me apareça mais por aqui, estás ouvindo?

Pegou o papel, rabiscou nele umas linhas, que leu para Ratinho:

— *Constatou-se que o documento em questão é um tex-*

to literário, de autoria de um escritor estrangeiro já falecido. O elemento Jaime Kantarovitch, codinome Cantareira, foi liberado por falta de provas, mas continuará em observação.

Pegou o telefone, discou outro número:

— Podem soltar esse tal de Kantarovitch. Um parente vai levá-lo. Como? Ah, sim, entendo. Está bem. Não, deixa assim mesmo.

Colocou o telefone no gancho, olhou para o alfaiate:

— Tenho que te avisar, Ratinho: o aspecto dele não é dos melhores. Tu sabes que às vezes o pessoal se excede nos interrogatórios e bate para valer. Portanto, não estranha. O pessoal está te esperando nos fundos do prédio. Sai sem alarde.

Estendeu a Ratinho o texto de Kafka:

— Isto é teu, podes levar.

Antes que Ratinho pegasse o papel, mudou de idéia:

— Tu dizes que isto não tem nada a ver com subversão. Acredito em ti, mas, por via das dúvidas —

Rasgou o papel em pedacinhos e jogou-os no cesto do lixo. Ratinho olhava, imóvel.

— Não vai te fazer falta. Tu mesmo disseste que é uma merda, não disseste?

— Disse — Ratinho, impassível.

— Pois então, esse papel é uma coisa inútil, só serve para o lixo. Fiz-te um favor... Agora vai. E lembra: nem uma palavra sobre o que aconteceu aqui. Se eu souber que contaste a alguém sobre a nossa conversa, te capo. Tu já não tens um pedaço do prepúcio, vais perder o resto também. Anda, vai de uma vez, antes que eu me arrependa.

113

Ratinho desceu as escadas, seguiu por um comprido corredor até a porta dos fundos. Ali o aguardava Jaime, escoltado por um agente. O rapaz estava num estado lamentável, o rosto cheio de equimoses. Apesar da insistência de Ratinho, não quis saber de hospital nem de médico. Passaria em casa para apanhar a mala, já pronta. Depois se despediria da mãe e de Beatriz, e seguiria direto para a estação rodoviária.

Oito da noite. Oculto atrás de uma árvore, Ratinho espiava a sede do Dops. Viu saírem os funcionários, viu as luzes se apagarem uma a uma. Finalmente, e como ele esperava, um servente saiu do prédio com uma lata de lixo e depositou-a na calçada, junto ao meio-fio.

Ratinho fez um sinal para uma velha Kombi estacionada ali perto. O motorista avançou, parou na frente do prédio. Desceu e, ajudado pelo velho, subiu a lata de lixo para a parte traseira do veículo. Vamos, vamos, dizia Benjamin, ansioso. O homem teve algum trabalho até dar a partida, mas finalmente conseguiu. Também ele estava ansioso:

— Já participei de muita sacanagem — disse —, mas nunca de roubo de lata de lixo.

— Cala a boca, homem — rosnou o Ratinho. — Tu estás sendo muito bem pago para isso.

Conforme combinado previamente, deram várias voltas até chegar ao prédio onde morava o Ratinho. De novo o motorista transportou a lata de lixo, dessa vez até o apartamento. Recebeu, e já ia sair, mas se voltou:

— Só por curiosidade: a troco de quê um homem

velho como o senhor roubaria esse troço? E do Dops, ainda por cima?

— Eu sou um subversivo — disse Ratinho — e estou cumprindo uma missão. Uma missão muito importante.

O homem olhava para ele incrédulo, sem saber o que dizer. Ratinho riu:

— Mentira. Tu queres mesmo saber? Pois eu te digo. — Baixou a voz: — Não conta pra ninguém: coleciono latas de lixo. Esta é a décima que eu roubo este mês.

De novo o motorista mirou-o, estupefato — e então caíram na gargalhada, os dois. O homem se despediu — querendo roubar mais lixo, é só me chamar — e se foi. Ratinho trouxe da despensa uma lona, abriu-a. Depois virou ali o conteúdo da lata e pôs-se, pacientemente, a examiná-lo.

A pesquisa durou muitas horas. Havia de tudo, na lata: papéis rasgados, fotos queimadas ou semiqueimadas, cascas de laranja e de banana, garrafas vazias, tocos de cigarro e de charuto, caixas de fósforo, pratos de papelão com restos de comida.

Já estava clareando o dia quando Ratinho finalmente achou o que procurava: um fragmento de papel com as palavras *Leoparden in* —

Era tudo o que sobrava do texto de Franz Kafka, escritor tcheco nascido em Praga em 1883 e falecido de tuberculose em 1924. Devidamente emoldurado, o pedacinho de papel acompanhou Benjamin Kantarovitch até o fim de sua vida, em 1980. Estava em sua mesa-de-cabeceira no hospital quando de sua derradeira doença. E estava também em seu pensamento — e em seu delírio —

115

ele quisera dizer quando, muitos anos antes, falara em missão. Não, nem Iossi, nem Berthe. Nem Jaime, o corajoso Jaime, falecido num acidente de carro em São Paulo. Ele está só. Não importa.

Ao longe, ouve um fraco ruído, uma espécie de bufido. Inteiriça-se, atento: serão eles? São eles. Ali vêm, pela trilha, os leopardos. Dois magníficos espécimes de um raça agora em extinção. Vêm lado a lado, lambendo os beiços. Porque estão sedentos; há anos não bebem o líquido que está nos vasos, cujo cheiro agora os atrai.

Ao avistarem Ratinho, os felinos se detêm. Encaram-se, o homenzinho e as feras. É o momento da verdade. Ratinho deveria fugir; é o que os leopardos esperam, que fuja correndo, que tome um trem, que suma na direção de uma pequena aldeia judaica do sul da Rússia.

Mas não é o que o Ratinho faz. Ele simplesmente permanece imóvel, os punhos cerrados. *No pasarán*, murmura, entredentes. *No pasarán*. Os leopardos olham-no. Um deles lança um rugido que atroa os ares. Mas Ratinho nem pisca. Continua imóvel, os punhos cerrados. *No pasarán*.

Os leopardos dão meia-volta e lentamente somem nas sombras de onde emergiram. Quase sem querer, Ratinho deixa escapar um audível suspiro. Os leopardos se foram. Onde estão os leopardos agora? Não no templo. No templo, não.

Ratinho pode enfim descansar. Fecha as portas do templo e se vai.

SOBRE O ESCRITOR-PERSONAGEM

O verbete está entre os poucos que começam por *k* no *Novo Dicionário Brasileiro da Língua Portuguesa*, de Aurélio Buarque de Holanda Ferreira: "*Kafkiano*. Adj. Pertencente ou relativo a **Franz Kafka**, escritor alemão nascido na Tcheco-Eslováquia (1883-1924) ou próprio desse autor".[1]

Fama, portanto. É de fama que estamos falando quando o nome de um escritor gera um adjetivo dicionarizado. Fama que contrasta com a história contada pelo grande crítico austríaco naturalizado brasileiro Otto Maria Carpeaux. Vivendo ainda na Europa, Carpeaux foi certa vez cobrar de seu editor direitos autorais que lhe eram devidos. O homem confessou que não tinha dinheiro, mas acrescentou: "Tenho aí uma pilha de livros que não foram vendidos. Se você quiser aceitá-los como parte do pagamento, pode levar. São de um tal de Kafka". Carpeaux nunca tinha ouvido falar em tal escritor. Recusou, portanto, a oferta. O que, como ele mesmo reconheceu, foi falta de visão: anos depois as primeiras edições de Kafka valiam pequenas fortunas.

Mas não só Carpeaux cometeu o erro. Agonizante, o próprio Kafka pediu ao fiel amigo, o também escritor Max Brod, que destruísse seus textos inéditos. Brod não o fez, e, graças a essa irônica infidelidade, o mundo pôde ter acesso a uma das mais extraordinárias obras da modernidade.

A curta vida de Franz Kafka — ele morreu precocemente de tuberculose, doença que matou muitos escritores e artistas — é marcada pelo sofrimento constante e pela busca incessante de respostas aos grandes enigmas da existência. Enigmas que ele próprio experimentou, a começar pelo da identidade.

Nascido em Praga, capital da Tchecoslováquia, não foi em tcheco que escreveu, mas em alemão. Além disso, era de origem judaica (suas três irmãs vieram a morrer em campos de concentração nazistas), o que complicava ainda mais seus problemas de identidade — de fidelidade. O pai, Herman, era um próspero comerciante, um homem enérgico e autoritário com quem o jovem Franz teve muitos conflitos, expressos de maneira dolorosa no famoso texto *Carta ao pai*, que Kafka escreveu aos 36 anos. Ali ele diz: "Assumiste a meus olhos esse caráter enigmático que têm os tiranos".

Kafka estudou direito, doutorando-se na Universidade Karl-Ferdinand, de Praga. Foi então trabalhar na companhia de seguros Assicurazioni Generali — o primeiro contato com a vida burocrática, que depois seria um tema constante, ainda que indireto, em sua obra. Mais tarde trabalhou no Instituto de Seguros de Acidentes do Trabalhador, uma repartição semi-estatal. E escreve, usando para isso o pouco tempo que lhe deixa o trabalho. Publica quando pode, em geral em pequenas revistas. O convívio com membros de uma companhia de teatro judaica reaviva seus laços com o judaísmo. Tratava-se de pessoas vindas da Europa Oriental, onde, ao contrário do que acontecia em países como a Alemanha ou a França, o judaísmo era uma cultura baseada na emoção e na expressão dos sentimentos, mais do que na razão ou no ritual religioso.

No ano seguinte, 1912, conhece aquela que seria sua noiva, Felice Bauer. Jamais decidiu-se a casar com ela, mas enviou-lhe cartas muito reveladoras de sua própria — e conflituosa — personalidade.

Continua escrevendo. Entre 17 de novembro e 7 de dezembro escreve *A metamorfose* (*Die Verwandlung*), novela que pode ser considerada paradigmática em relação à sua obra. Um homem, Gregor Samsa (note-se que "Samsa" tem o mesmo número de letras de "Kafka", com as consoantes e a vogal ocupando lugares homólogos), acorda um dia transformado num monstruoso inseto. Incidentes se sucedem, mas o que impressiona é a indiferença com que a metamorfose é recebida, inclusive pela família, evidência da alienação em que vivia o persona-

gem. Diz o biógrafo Ernest Pawel: "'É um conto de fadas envenenado sobre a magia do ódio e o poder da hipocrisia".
Em 1916 Kafka decide morar sozinho, numa minúscula casinha da rua dos Alquimistas, junto à muralha da Cidade Velha. No ano seguinte tem a primeira manifestação de tuberculose, ao escarrar sangue. Considera isso, contudo, um "problema psicológico". Com grande dificuldade, Max Brod convence-o a consultar um médico, que diagnostica a doença (para a qual, na época, praticamente não havia tratamento).
Ainda em 1916, rompe definitivamente o noivado com Felice. Max Brod registrou suas palavras a respeito: "O que tenho de fazer — chegar ao conhecimento extremo — não posso fazê-lo senão só. O judeu ocidental não o conseguiu e por isso não tem o direito de casar". Kafka ainda teve outras ligações: com Julie Wohrizek, com Milena Jesenká-Pollakova, escritora que traduziu para o tcheco alguns de seus trabalhos e a quem escreveu cartas muito reveladoras, e finalmente com Dora Dymant, que trouxe um pouco de felicidade ao derradeiro ano de sua existência, vivido em meio a grande sofrimento.
Acometido de tuberculose laríngea, já não podia falar e tinha enorme dificuldade para se alimentar. Em desespero, pede a seu médico e amigo, Robert Klopstock, que lhe administre morfina, o que, no seu caso, pode ser letal; o pedido, ainda uma vez, é repassado de irônica contradição: "Mate-me, senão você é um assassino". No necrológio publicado no jornal *Narodny Listy*, Milena Jesenká escreveu: "Era um solitário, temeroso diante do mundo". Mas acrescenta: "Escreveu as obras mais significativas da moderna literatura alemã; obras que refletem a visão profética de um homem condenado a ver o mundo com insuportável lucidez".
As principais obras de Kafka são *O castelo*, *O processo*, *Amerika* e *A metamorfose*, além de numerosos contos (reunidos em *A colônia penal*, *A grande muralha da China*, *Descrição de uma luta*), dos diários e das cartas. A maior parte de seus textos foi publicada postumamente.

NOTA

1. Quando Kafka nasceu, Praga era a capital da Boêmia, então pertencente ao império austro-húngaro.

SOBRE O AUTOR

Moacyr Scliar (Porto Alegre, 1937) é autor de cinqüenta livros em vários gêneros: ficção, ensaio, crônica, literatura juvenil. Obras suas foram publicadas nos Estados Unidos, França, Alemanha, Espanha, Portugal, Inglaterra, Itália, Tchecoslováquia, Suécia, Noruega, Polônia, Bulgária, Japão, Argentina, Colômbia, Venezuela, Uruguai, Canadá, Israel, México, Rússia e outros países, com grande repercussão crítica. É detentor dos seguintes prêmios, entre outros: Prêmio Academia Mineira de Letras (1968), Prêmio Joaquim Manoel de Macedo (Governo do Estado do Rio de Janeiro, 1974), Prêmio Cidade de Porto Alegre (1976), Prêmio Brasília (1977), Prêmio Guimarães Rosa (Governo do Estado de Minas Gerais, 1977), Prêmio Jabuti (1988, 1993), Prêmio Casa de las Americas (1989), Prêmio Pen Club do Brasil (1990), Prêmio Açorianos (Prefeitura de Porto Alegre, 1997), Prêmio José Lins do Rego (Academia Brasileira de Letras, 1998), Prêmio Mário Quintana (1999).

Em 1993 e 1997 foi professor visitante na Brown University (Department of Portuguese and Brazilian Studies), nos Estados Unidos. Freqüentemente é convidado para conferências e encontros de literatura no país e no exterior. É colunista dos jornais *Folha de S.Paulo* e *Zero Hora;* colabora com vários órgãos da imprensa no país e no exterior. Tem textos adaptados para cinema, teatro, TV e rádio, inclusive no exterior. Suas obras mais recentes são *A Majestade do Xingu*, baseado na vida do médico indigenista Noel Nutels, e *A mulher que escreveu a Bíblia*, Prêmio Jabuti de Romance 2000.

quando faleceu. O homem está vendo coisas, só fala em leopardos, diziam-me as atendentes do hospital. Mas eu sabia que não eram alucinações, ou que não eram só alucinações. Uma noite, a última, sentei-me junto a seu leito. Ali estava ele, imóvel, os punhos cerrados.

Ali está ele, imóvel, os punhos cerrados. Atrás dele, as portas escancaradas, o templo, com seus preciosos vasos sacrificiais de ouro adornados com pedras preciosas, coisa deslumbrante. Não há quem vigie esses vasos; os sacerdotes fugiram, atemorizados. Não Ratinho. Amedrontado embora, Ratinho não foge. Nada tem a ver com o templo; não acredita na religião que se pratica, ou praticava, nesse templo. Aliás, não acredita nas religiões em geral; a religião, para ele, é o ópio do povo. Mas não é disso que se trata. Trata-se de outra coisa, para ele transcendente. E por isso espera, imóvel, os punhos cerrados. É uma longa espera, já: dias ou semanas, talvez meses, anos talvez. Certamente anos. Muitos anos. Outro já teria desistido. Não Ratinho. Ratinho está seguro de que virão. Já os encontrou uma vez. Conhece sua feroz determinação. Virão, sim, para esse derradeiro encontro.

A noite caiu, e, das sombras, vozes chamam-no: vem, Benjamin, vem para dentro, vem comer. São os pais, os irmãos; preocupam-se com ele, não querem que corra riscos. Ratinho se comove, mas nem por isso deixará o seu posto. Ficará ali até a batalha final. É o que seu amigo Iossi faria. Ah, se Berthe pudesse vê-lo agora, defendendo os vasos de ouro, não roubando-os! Por certo acreditaria nele, por certo compreenderia o que

1ª EDIÇÃO [2000]
2ª EDIÇÃO [2000]
3ª EDIÇÃO [2009]

ESTA OBRA FOI COMPOSTA PELO GRUPO DE CRIAÇÃO EM FILOSOFIA, TEVE SEUS FILMES GERADOS PELO BUREAU 34 E FOI IMPRESSA PELA RR DONNELLEY EM OFSETE SOBRE PAPEL PÓLEN BOLD DA SUZANO PAPEL E CELULOSE PARA A EDITORA SCHWARCZ EM JANEIRO DE 2009